メディアワークス文庫

少年殉教者

松村涼哉

プロローグ

ＳＩＮ《シン》は「天使」と称賛される俳優だった。

今、注目株と言っていい若手男性俳優で、本名は不明。十六歳で芸能事務所にスカウトされた直後から有名ドラマのオーディションに合格し、デビューが決まった。才能だけでなく、運もよかった。同時期、バズっていたウェブ番組の恋愛リアリティーショーに途中出演でき、他の出演者と明らかに異質な彼は脚光を浴びた。番組のコンセプトと反し、恋愛に興味が無さそうな朴念仁っぷりが見事に受けたのだ。

天使――男性に似つかわしくない異名だが、他に考えつかない。

「純粋無垢《むく》」「天衣無縫」という賛辞が似合う。山奥の清流を連想させる、邪気のない澄んだ声。カメラ越しに見せる、全てを受け入れるような甘い笑み。思春期の擦れた態度はなく、世界全てを愛するような華やかな演技。

初出演ドラマの「難病を抱えた少女を支える少年」という役がハマっていたのもよかったのだろう。最終話で見せた彼の泣き顔は、直前までの笑顔とのギャップも相まって、多くの視聴者の心を打った。共演のベテラン俳優は「演技じゃなく、本心から泣ける俳優」と評価した。恋愛リアリティーショーでは、全く恋愛に参加せず浮きまくっていたことで話題になっていたが、それも彼の素直な印象をより強めることに成功した。

時に批評家から「空っぽな演技」と批判されることもあったが、そんな逆風も関係なく飛躍し続けた。十七歳では青春映画『海嘯《かいしょう》に咲け』の主演を務め、日本アカデミー賞の新人俳優賞を受賞。十八歳になると、女性雑誌の表紙を飾り『次世代の至宝イケメンランキング』で一位を獲得。次の主演映画も決まっていたという。バラエティー番組にも出始め、芸能界に興味がない一般層にも名前が浸透していった。人気絶頂。あるいはこれから更に注目されていく上り調子の時期。


そんな彼が自ら命を絶つなど、一体誰が予想できただろうか。


二か月前——六月八日、彼は神奈川《かながわけん》県某市の廃ビルから飛び降りた。

週刊誌によれば、死因は脳挫傷。ビルの屋上には彼の足跡が残されており、屋上からの転落死と警察関係者が語ったという。

ニュースやワイドショーは、彼の自殺報道を繰り返した。

報道が白熱した理由は、彼が飛び降り寸前にSNSに投稿したメッセージ。

——【オレは、ルールの下で死んでいく】

意味深な遺言は、二か月が経《た》っても、日本に悪夢をもたらしている。

1章

死にゆく者の心を見てみたい。

できるならば尋ねたい。残された者たちは一体、なにができたのですか、と。

死者の心に近づくための一連の行為を、私は「儀式」と呼んでいた。

悲痛な決断を下す毎年二万人から三万人の日本人。彼らの心に少しでも近づきたい私は、夜の学校に向かう。

知らない高校の、知らない校舎。四年前に飛び降りた女子生徒は深夜に忍び込み、非常用階段を上って屋上に到達したという。その内容を週刊誌のバックナンバーで知った私は、同様の手法を試みる。屋上に繋《つな》がる扉は封鎖されていたが、よじ登れば、簡単に到達できた。もっと厳しい対策がなされていると警戒していた私は、微かな虚しさと共に胸を撫《な》で下ろした。

屋上の柵に腰かけ、彼女が身を投げた現場を見下ろした。ちょうど昇降口の前。朝になって登校してくる生徒に遺体を見られたかったのかもしれない。実際には警備員に見つかり、登校時間前には運び出されてしまっていたようだが。

腰を下ろしたまま、ポケットから和生菓子を取りだした。寒天とウグイス餡《あん》で成り立つ、夏らしい、透き通るような青い色合い。左手で生菓子を夜空にかざした。

――ここから飛び降りるか。これからもお菓子を食べる人生を取るのか。

そう自らに投げかけた時、間違いなく後者を選んでしまうのが自身だ。

正常、普通、あるいは凡庸な発想。私には、彼女の心を理解できない。月光と電灯に照らされた和菓子は美しく、舌で触れると確かに甘い。甘味は、絶望とは対極にある。

和生菓子を手で割る。

ウグイス餡が指先でボロボロと崩れる。できる限り半分にしようと、指で整える。

半分は自身に。もう半分はここで亡くなった相手に。

食べ物を粗末にできないので、結局は両方食べるのだが、それでも形式は大事だ。

生菓子の片割れを柵の上に置き、スマホを取りだし、カメラを起動させる。

「皆さん、こんにちは。今日は、千美堂《せんびどう》の夏の生菓子！　秘密の癒《いや》しスポットで食べていこうかな、と思います。テスト疲れに染み入る夜空と、この優しい餡子《あんこ》！」

浅はかな女子高生に似つかわしい、空っぽな声が屋上に響く。

カメラの中央には、半分に分けられた和生菓子が収められている。あえて声は別撮りにしない。この屋上に流れる夜風の音まで視聴者には聞き取ってほしくて。

投稿された際、届くコメントは大方予想がついている。『カメラワーク、エモい』だとか『今度、私も買ってみます』だとか、そんな優しい賛辞が九割。一割は『もしかして不法侵入？』という批難。視聴者の大半はコメントさえしない。

誰も気づかずとも、それでも私は信じている。

いつか誰かが動画の真意を受け止めてくれるんじゃないか、と。

『路地裏の片隅と、甘味』――私が投稿する、登録者数は三万人超の動画チャンネル。

それが自殺スポット専門チャンネルだとは、世間に公表していない。

◇◇◇

江間《えま》カスミがなぜ首吊《くびつ》りを試みたのか、私は何も分からない。

その決断が周囲に耐え難《がた》い傷を刻む事実を、彼女はどこまで自覚していたのか。

江間カスミは、私と同じマンションに暮らしていた幼馴染《おさななじみ》。

小学生の頃、江間カスミは人気者で、常に十人以上の友達に囲まれていた。まるで無数の家来を従わせる王様。ＳＮＳの流行に敏感で、彼女が「これ、やろう！」と叫べば、キラキラスイーツ作りも、プチプラメイクもみんなで挑戦する。同じマンションに暮らしていた私は、家族ぐるみの付き合いで、よく旅行にも出かけていた。別の私立中学に進学後も女子バスケ部の新エースとして華やかな学園生活を送っていたようだが、私との交友は続き、週に一度はどちらかの家でゲームで盛り上がった。「詠歌《えいか》にだけ特別に話すよ」と、家庭教師の大学生との交際をこっそりと明かしてくれた夜もある。

一番の親友は私だ、とそんな自負はあった。どこか誇らしい気持ちと共に。

江間カスミは中学二年の夏――睡眠薬を飲み、リビングで縊死《いし》を決断した。

第一発見者には私が選ばれた。

ある日の午後「鍵開いているから」とメッセージが届き、普段通り、部屋に向かった。カスミにとって想定外だったのは、首に結んだ麻紐《あさひも》がズレて即死できなかったことだろう。私はすぐに紐を外した。それでも彼女には、重篤な後遺症が残った。意識はあれど身体《からだ》は動かない。いわゆる植物状態のまま今も病院に入院している。

自殺を試みた者が死にきれない事例は、よくある話だ。

飛び降りも、睡眠薬も、どんな場合でも、人体は簡単に死ぬようにはできていない。「ゲームのスイッチを切るように」なんて陳腐な比喩では表現しきれない現実。

こみ上がるのは――無限のなぜ？

交通事故ならば、死因は推測しやすい。不注意、飲酒運転や信号無視。アスファルトに叩《たた》きつけられた際の脳挫傷。車体に身体が潰された圧死。

しかし自殺が残していくのは、無限に溢《あふ》れる解釈だけだ。

「自殺の要因は、本人を追い詰めた環境にある」――世間で言われがちな言葉だが、実際はそう単純ではないだろう。イジメや過労といった明らかな要因があるとは限らない。本人の能力や病気、性格、体験が無関係でないとでも？

けれども、世間は本人の周囲に理由を求める。

江間カスミについて、たくさんのクラスメイトが噂《うわさ》を流した。

『元々プライドが高く、親友の裏切りがショックだった』『両親が過剰な期待を強いていた』『妊娠の可能性があったが、恋人にフラれた』『クラブで変なクスリを買って、心が乱れた』。

飛び交う憶測は腑《ふ》に落ちないが、否定できる根拠もなく、やりきれなさだけが募る。

エレベーターで時折すれ違う、日に日にやせ細る彼女の両親も同じ気持ちだっただろう。

あの日から、私は週に一度、江間カスミが眠る病院に通った。

他愛ない世間話を一方的に語り、そして尋ねる。

――『今のアナタは、なにを考えているの？』

当然、答えなど返ってこない。

いつの日か、私は彼女の代わりに答えをくれる相手を求めるようになっていた。

撮影を始めたキッカケはもはや思い出せない。

東京《とうきょう》都内には、山ほどの自殺スポットが存在する。年間自殺者二万人から三万人の自殺大国には、不謹慎な情報に事欠かない。検索すれば、『一人で悩まないで！』というメッセージと共に溢れる情報。監視カメラのない橋、屋上まで容易《たやす》く上がれるビルやマンション、特急電車が猛スピードで駆け抜ける駅。過去の新聞記事も有用な資料だ。

学校終わり、私は検索結果を巡って、動画撮影を行う。

撮った映像は編集して、ＳＮＳに投稿する。『路地の片隅と、甘味』という、表向きは女の子が街中でスイーツを食べるだけの動画チャンネル。

内容の乏しいショート動画だったが、その中身の薄さがむしろ疲れた視聴者にはちょうどよかったのかもしれない。気づけば、登録者数は三万人を超えていた。そこそこの人気。基本的に、視聴者はなにも気づかず『指、細いですね』とか『撮影場所、キレイ！　どこ⁉』とか、賞賛のコメントを投げかけてくれる。

自殺スポットを広めたいわけじゃない。気づかないでくれるなら、それでいい。

衝動という他なかった。一人で幼馴染の死を抱えるのに限界だったのかもしれない。ただ、亡くなった者が最後に見た光景を共有したかった。発信したかった。堪えられない激痛に絶叫をあげるように、それは、私にとっての生命活動だった。

なにも言えなくなった幼馴染の心を覗《のぞ》きたくて、カメラを回し続ける。

誰かから答えをもらいたくて、動画を発信し続ける。
――【君の動画に、事件当日のSINが映っている】
そんなDMに気づいたのは、動画撮影を始めて四年が経った頃。
高校三年生の八月七日。
その夜、強盗に襲われるなど露ほども考えていない、平和な早朝だった。

◇◇◇

朝に気づいたDMを眠気眼で読んだ私は、すぐに該当の動画を確認した。

『SIN』という名前は、元々知っていた。芸能ニュースに疎い私であったが、生前の彼の活躍は何度もワイドショーで流れていたし、突然の死が衝撃的だったこともある。一時期関連するニュースや疑惑を自然と追っていた。

だから早朝のDMにはかなり驚愕《きょうがく》したのだが、指定された動画をチェックしたところ、すぐに冗談だと気がついた。確かにそれらしき男性は映っているが、顔はマスクで隠れていて、さすがに特定はできない。女性動画投稿者にセクハラやパパ活の勧誘などのメッセージが届くのは日常茶飯事。有名人の名を用いて、私の気を引きたい輩《やから》の一種だろうと呆れながらアプリを閉じた。

大学受験が差し迫っており、その日は模試の当日だった。夜にもう一度確認すればいいか、とスマホを手放し、つい意識から外していた。

致命的な誤りだった。

中学時代からの習慣化した行為は、危機感を忘れさせていた。

模試と自習を終え、疲れ果てた夜の帰路——突如、何者かに腕を摑《つか》まれた。

後ろから突然、身体を引っ張られたのだ。

調布市《ちょうふし》にある自宅までの帰り道。駅と自宅を結ぶ、線路沿いの道。

恐怖で悲鳴さえあげられなかったが、振り返った際、偶然私のカバンが相手の頭に当たったようだ。参考書が詰まった重たいカバン。よろめく不審者。私は怯《ひる》んだ隙を見逃さず、腕を振りほどき、ほとんど反射的に、自宅とは異なる方向に駆け出した。

（…………なに？　どういうこと？）

切羽詰まっている状況なのに、頭だけが回転する。

閑静な調布市の住宅街に響くのは走り抜ける私の足音。荒い息遣い。薄手のカーディガンが擦れる音。怯《おび》えから漏れる嗚咽《おえつ》。抱えるカバンが上下に揺れ、中の水筒と参考書がぶつかる音。そして、背後に迫る不気味な足音。

相手は執拗《しつよう》に追いかけてくる。ただの不審者にしては、あまりに執念深い。

逃げる私は、見覚えのない道に入り込んでしまっていた。祈るような気持ちで道を曲がるが、コンビニや交番は見えてこない。

折れそうになる心を奮い立たせ、足を前に動かし続ける。

夜九時を回っても、うだるような昼の暑さはまるで引かない。身体から噴き出した汗のせいで、シャツがべったりと肌に張りついて気持ちが悪い。冷房対策のためにカーディガンを羽織ったのが災いした。脱ぎ捨てる余裕さえない。足も痛くなってくる。

あいにく誰ともすれ違わない。

道にあるのは、民家や集合住宅ばかりだ。逃げ込めば家主が助けてくれるかもしれないが、大きな賭けだった。一度敷地《しきち》に入ってしまえば、行き止まりになってしまう。それよりは男の体力切れか、あるいは、商業施設が見えてくるのを信じたかった。

だが、逃走劇は思わぬ形で終わりを迎えた。

「――――え」

身体が凍えるような感覚と共に声を漏らす。

行き止まり。闇雲に走る中で見つけた橋に、自然と足を向けてしまったのが、痛恨の過ちだった。渡りきれば逃げ切れるのではないか、と有り得ない発想が頭に過《よぎ》ったのだ。

橋は、工事中の立て看板が立てかけられ、封鎖されていた。

長さ二十メートルほどの大きな橋が、フェンスで完全に遮断されている。手前にも看板があったのだろう。完全に見逃した。

「スマホ――」

背後から、くぐもった声が聞こえてくる。

ハッとして、振り返った。

この時、正面から初めて不審者の顔を目撃した。が、ほとんど素顔は隠されている。大きな黒マスクをつけ、頭には紺のニット帽。橋の照明がちょうど相手の背中側にあるせいで、ほとんど確認ができない。声からまだ若い男ということだけが察せられる。

「――寄越せ。わ、悪いようには、しないから」

男は息を整えながら、一音一音念を押すように告げてくる。

「スマホ」私は彼の言葉を繰り返した。「それが目的なんですか？」

彼と私の間には、三メートルほどの距離しかない。幸い彼もそれ以上は近づいてこない。言い分を信じるならば、性犯罪者ではなく強盗らしい。

反射的に声が漏れ出ていた。

「もしかして……動画、の件ですか？」

暗がりで表情が見えない男に、媚《こ》びるように語りかける。

相手は私に話しかけてきた以上、対話する意志があるとみていいだろう。私を暴力で叩き伏せ、無理やりスマホを奪うことは望んでいないのだ。

相手がただの不審者じゃなければ、私が狙われる理由は、あの動画チャンネルだろうと想像がついた。今朝届いた妙なDMをそこでようやく思い出した。

「あの、もし私の動画チャンネルに不満があるのでしたら――」

「やっぱり財布もだ」

「はい？」

「いっそ全部でいい」彼の声に苛立《いらだ》ちが混じっている。「カバンごと出せ」

彼が一歩近づいてきた。

地雷を踏んでしまったのだ、と察した。口内が乾いていく。

「なんで？　さっきはスマホだけだったのに……」

「保険だ。今日のことを警察に通報すれば、君の個人情報をネットにばら撒《ま》く。身分証を写真で撮らせてもらうから。あの動画には、よく『不法侵入では？』ってコメントがついているよね？　君の家族や友人が知ったら、どんな反応を示すと思う？」

早口で告げられた言葉を聞いて、私はしばらくなにも言えなかった。

恐れではなかった。むしろ逆。彼の脅迫はあまりに稚拙。スマホを奪う前に、わざわざ律儀に説明するなんて馬鹿げている。一層カバンを渡せなくなるだけなのに。

恐怖が和らぐと、代わりに怒りが沸き起こってきた。

「反応を示してくれる友人なんて、もう一人もいない」

気づけば、カバンを固く抱きかかえていた。

「私がどんな想《おも》いで撮影しているのかも知らないで、よく言えるね。親も友人も気づいているよ。学校じゃ腫れ物扱いだよ。どうでもいいんだよ。そんなものは」

自殺者の心に近づくために撮影し、彼らの心を共有したくて公開している。夜な夜な怪しい場所で撮影を繰り返す私を、不気味がるような目で見る者は多い。

不謹慎な遊びではない。植物状態の幼馴染の心に触れたい、祈りだ。

「ふざけんな、変質者。これ以上近くなら、このカバンごと川に放り投げる」

男は舌打ちをして、ズボンのポケットからなにかを取り出した。

ナイフだ、と気づくまでそう時間はかからなかった。

私の言葉が挑発として受け止められてしまったらしい。強盗は未熟な方が恐《こわ》い、とネットで見た話を思い出した。脅しであるはずの凶器を、実際に使ってしまう。

咄嗟《とっさ》に大声をあげようと考えたが、呼吸さえうまくできない。震える足をなんとか動かし、橋の縁に近づいた。橋の下は闇に包まれてなにも見えない。飛び降りられない。

男が左手でナイフを構えたまま大きな一歩を踏み出す。

辛《かろ》うじて後退する私の背中が、フェンスに触れた時だった。

「――なにしているんだ？」

男の背後から低い声が聞こえてきた。

強盗の男は咄嗟に振り向き、私も彼の身体越しに見た。

髪の長い少年が立っていた。身長は百七十センチ代後半だろうか。真ん中分けにされた前髪が首元まで伸びている。Tシャツにジョガーパンツという運動部みたいな出で立《た》ちで、男の逃げ道を塞ぐように睨《にら》みを利かせている。

強盗の男は「っ」と呻《うめ》き、突如、少年の方に駆け出した。逃げる気だ。交錯する瞬間、相手を突き飛ばすように、ナイフを持たない右手を少年の身体に伸ばす。

少年はその手を平然と摑み、男の勢いを利用するように足を払った。

「————!!」

男の身体が橋に叩きつけられ、呻き声を漏らした。

喧嘩《けんか》慣れした、機敏な身のこなし。男はしばし驚愕していたようだが、すぐに身体を起こし、少年を睨みつけている。

少年は「なに、お前」と呟《つぶや》いた。拳を振り上げている。

反射的に私は「その男、ナイフを持ってる!」と叫んだ。

次の瞬間、少年は身を引いて尻もちをついた。男がナイフを振るったのだ。男は少年が退いた隙を突き、走り去っていく。あっという間に橋から消え、姿が見えなくなった。

「逃げられた……」

少年は立ち上がり、男が去っていった方向を残念そうに見つめている。

ナイフを握った男を追いかけるのは無謀と判断したようだ。やがて男が戻ってこないことを確認するように頷《うなず》き、呆然《ぼうぜん》とする私の方に歩み寄ってくる。

私は彼の手についた汚れに気がついた。

「血が……」

「あ、これ、アイツの血です。投げ飛ばした時、手首に爪が喰《く》い込んだから」

彼は無傷をアピールするように手を振った。

距離が近づいたことで、ようやく彼の顔をハッキリと見ることができた。

幸の薄そうな、血色の悪い顔をしている。少年にしては長い髪もその雰囲気に拍車をかけているようだ。だが、それ以上に瞳が印象的だ。私の人生史上初めて見るほどの優しい瞳。それが他のあらゆる感想を上回っていた。

ロクに言葉を発せない私を心配するように、彼はしゃがみこんだ。

「腰を抜かしたんですか？」

そこでようやく私は、自身が地面にへたり込んでいた事実を認識できた。

恥ずかしくなって俯《うつむ》くと、少年が手を差し伸べてくれた。握り返すと、想像よりも強い力で彼は引っ張り上げてくれた。私は彼の肩を掴み、なんとか立ち上がれた。

「ご両親とは連絡がつきますか？」

首を横に振った。

両親は職場にいるが、すぐに駆けつけるのは難しい職種だ。

「一度、家に送りますよ」

少年はなにかを察したように頷いた。

「心が落ち着いたら警察に行きましょう。僕も証言しますから」

穏やかに導いてくれる、とても柔らかな声音。

その声の優しさに気がついた瞬間、堰《せき》を切ったように、どっと涙が湧いてきた。改めて自身が陥っていた状況を認識する。

泣き出した私を見て、困惑する彼。

慌てて手を振って、私はカーディガンの袖で涙を拭った。

「ありがとう」心から吐き出せた言葉だった。「とにかく凄《すご》いタイミングだったよ。この辺の人なの？」

少年はまるでランニング途中のような軽装だ。

奇跡の救出劇だろうか、と考えていると、彼は首を横に振った。

「アナタを探して来たんです」

「はい？」

「今朝、ＤＭを送ったのにブロックされたから」

開いた口が塞がらなかった。

驚愕で固まってしまった私の前で、彼は爽やかに自己紹介を行った。

「長谷川翔《はせがわしょう》と言います。ＳＩＮの死を追っている、痛い信者ですよ」

◇◇◇

――【オレは、ルールの下で死んでいく】

そう書き残したＳＩＮの死が、二か月を過ぎても各所で話題になっているのは、大きな理由がある。あまりに謎めいた、遺言だけではない。

――日本全国で後追い自殺が相次いだのだ。

ウェルテル効果と呼ばれる社会現象だ。マスメディアなどで自殺のニュースが連日報じられると、後を追うように自殺する者が現れてしまう。日本でも昭和の時代、アイドルの飛び降り事件以降、後追い自殺が多発したことでも話題になった。

ネットの有志が調べたところ、ＳＩＮの事件以降、全国で自死のニュースが急増しているという。具体的な数を公表していないが、厚生労働省は報道の自粛を呼びかけた。

だが政府の働きかけは、ネット上に飛び交う陰謀論に拍車をかけた。一部の過激な政治系インフルエンサーは、政府の隠蔽工作だと騒ぎ立てる。ウェブニュースのアクセスランキングは、事件の真相に関する推測が上位を占める。七月には別の芸能人が自宅で自死し、報道は更に混沌《こんとん》を極めた。

ＳＩＮが飛び降りた動機は、いまだ解明されていない。その謎を解こうと、多くのファンが熱心に活動を始めていた。私自身、駅前で配られるビラを主婦らしき女性から受け取ったこともある。不審な報道や、芸能事務所の隠蔽体質に対する糾弾。どこからどこまでが真実かデマか区別できない、ビビッドな配色で彩られる慟哭《どうこく》に似た文章。

そうしている間にも、また有名人が亡くなる。

自殺報道のたびに、ＳＩＮに纏わる噂が話題になる。たとえメディアが規制されようと、ＳＮＳの言論は止められず、また新たな自殺者を生む。

それが今の日本にもたらされた悪夢の正体だ。

◇◇◇

どうやら私を助けた少年も、ＳＩＮの死を追うファンの一人らしかった。

「長谷川翔」と名乗った彼は、十七歳の高校二年生らしい。私の一個下とは思わなかった。長身で体格もいいが、顔立ちは幼い。大きく見開かれた目がそんな印象を抱かせるのだろう。こんな可愛《かわい》い男の子があの強盗を投げ飛ばしたんだな、と尊敬の念を抱いた。

彼自身も恐い目に遭ったはずだが、あまり怯えている様子はない。

「気のせいです」

尋ねると、彼は苦笑を零《こぼ》した。

「内心、めちゃくちゃビビってますよ。暴力は嫌いなので」

そうは見えない身のこなしだったが、私を守るために虚勢を張ってくれたのかもしれない。正直な内心の吐露に、むしろ私の緊張もほどけていった。

いつ強盗が戻ってくるかも分からないといって、彼は自宅まで送ってくれた。

幸い、自宅からはそう離れていなかった。全く気付かなかったが、闇雲に走るうちに、ほとんど自宅周辺まで辿《たど》り着《つ》いたらしい。私の自宅は、駅から徒歩十分の距離にあるマンションだ。タワーマンションと呼べるほどの階数はないが、それなりに大きく小綺麗《こぎれい》。

「この後、警察に行かなきゃいけないでしょう？　外で待っていますよ」

長谷川君はエントランスで待とうとしてくれた。警戒心がないわけではないが、さすがに命の恩人を外で待たせるわけにはいかなかった。十五階の自宅に招き入れた。

無人の部屋に辿り着くと、冷房を入れ、長谷川君には冷やした麦茶を出す。

汗だくになっていた私は、麦茶を何杯も飲み干した。渇きを癒すと、ようやく乱れていた感情が落ち着いた。

「本当にありがとね」ダイニングテーブルの前に座る長谷川君の正面に腰を下ろした。

「長谷川君が現れなかったら、マジで危ない目に遭ってたよ」

「なによりです。結局、逃がしちゃいましたが」

「そんなのは警察の仕事。絶対に捕まえてもらおう」

大きく溜《た》め息《いき》を漏らして、天井を見上げる。

冷房の風に当たり、身体の火照りが冷めてきた時「そういえば」と長谷川君を見た。

「さっき『私を探して来た』って言ったよね？　どういう意味？」

「言葉通りですよ。アナタは、自死直前のＳＩＮを撮影していた。動画の元データが欲しかったのですが、ＤＭを無視されたので直接会いに行こうとした。駅前で見つけて、どう話しかけようか躊躇《ためら》っていたら、突然不審者に襲われ、慌てて追いかけたんです」

「ええと、どうやって私の居場所が分かったの？」

「どうもなにも公開しているじゃないですか」

長谷川君は自身のスマホをテーブルに置き、私にも画面が見えるようにして操作してくれる。

ＳＮＳを起動させ、私のチャンネルを漁《あさ》る。どれも大した内容ではない。私服や制服姿の私が、コンビニなどで買ったスイーツを路地裏や廃墟などで食べるだけ。私の顔は映しておらず、手元と声だけの出演だ。

彼が指を止めたのは、二か月前に私が投稿した動画。

「この室内で撮った動画、よく見てください」

彼が指し示した動画を見て、私は「あ……」と血の気が引いた。

動画の内容は、部屋で新作のコンビニスイーツを食べるだけ。幼馴染の江間カスミが自殺に失敗した日、彼女が自殺を図ったこのマンションで撮影しようと考えたのだ。

――窓が映っている。

ほんの微かに窓が掠め、隣に建っているマンションがちらりと覗いている。黒白に塗り分けられた特徴的なバルコニーの建物。場所が場所なだけに気持ちが入りすぎていたのかもしれない。いつもより大きくカメラを動かしたせいでうっかり、映り込んでしまっていた。

思わず口元を手で覆っていた。

「そうか。あの脅迫犯もこれを見て、スマホを狙いに来たんだ……」

映ったマンションを画像検索にかければ、おおよその住所は絞れるはずだ。加えて私のSNSの投稿などから行動範囲や帰宅時間を大雑把に割り出せれば、近くの駅で待ち伏せできる。顔出しはしていなくとも、カバンや私服などで私を特定できる。

「スマホ？」

長谷川君が意外そうに瞬《まばた》きをした。

彼は私を襲ったのはただの不審者だと思い込んでいるらしい。

「どうにもね、私のスマホに興味があったっぽい。動画チャンネルのことに言及したら、あからさまに態度を変えたから」

「……マジか」

長谷川君は目を見開き、悔しそうに唇を噛《か》み締《し》めた。「そうと知っていれば……」と苛立たし気に唇が動いている。

怒りを堪えているようなので、声をかけられなかった。

しばらく考え込んでいた彼はやがて「アナタは」と私に険しい眼差《まなざ》しを向けてきた。

「SINの事件現場を撮影した自覚はないんですか？」

「あぁ、うん。ニュース自体は知っていたけど、具体的な場所までは報道されなかったから。近くで撮影していた自覚もなく」

「当日のことは、どこまで？　なにか見かけた記憶は？」

「いや、全く。もう二か月前のことだから」

本来ならばボツ動画だった。撮影場所の近くで火災が発生していたらしく、消防車のサイレンの音が耳障りだった。だが、ここ最近は中々満足いく撮影ができなかったため、投稿間隔が空くことを嫌い、仕方なく二か月前の動画を急いで編集して投稿したのだ。

長谷川君は眉間に皺《しわ》を寄せて「これが、その動画ですよ」とスマホをタップした。

動画自体は今朝に確認している。撮影場所は、神奈川県某市の小さな商店街のそば。シャッターが並んでいる寂れた通り。夜空に浮かぶ月に透かすようにして、私の指が摘《つま》んだ金平糖をかざしている。遠くから聞こえるサイレンや喧騒に対し、私がいじけるように不満を呟き「ま、いいけど」とお気楽なコメントを残す。そして、金平糖の短いレビュー。最後に金平糖が入っていた空き瓶と路地が映って、終わり。

確かに最後の方で、路地の奥に歩いている男性が映っていた。赤いシャツと黒いスキニーパンツのシルエット。だが顔はマスクで覆われていた。

「これが、本当にSINさんなの？　マスクでよく分からなかったけど」

「ファンなら分かりますよ。事件当日の服装は、既に公開されている」

長谷川君いわく、追悼の意を込めて、直前の仕事がファンブログで公開されているらしい。雑誌のインタビューのようだ。写真撮影を行った衣装は、彼の私服だという。

「SINの事件に目撃者はいません。周辺に監視カメラはなくて、唯一の証言者は、タクシードライバー。彼を近くで降ろしてから、飛び降りるまで二時間の空白がある。殺人説がネットで絶えない理由です」

私は改めてショート動画の中身を確認した。

画面最後に見切れている男性は、言われてみれば確かにSINに見えなくもない。

映像データを拡大してみて、思わず、ん、と声が漏れていた。

「ここのSINさん――誰かと出会ってない？」

「はい。そんな情報、どこにも公開されていない」

長谷川君が深く頷いた。

金平糖の空き瓶に見切れている、決定的な映像。

ＳＩＮの正面には、黒いシャツの袖と手が映っていた。

拡大して確認できたのは次の通り――路地の奥に長身のＳＩＮが歩いている。遠くから消防車のサイレンが鳴り響いている、騒がしい雑踏。誰かと通話していたらしく、大きめの声でなにかを告げ、通話を切る。彼の正面に画面端に黒色のシャツの腕が映る。

たった四秒ほどの映像だが、長谷川君は見逃さなかったようだ。

「この動画を見つけた瞬間、衝撃を受けました」

長谷川君はスマホをタップし、動画を停止させた。

「説明した通り、僕はＳＩＮのファンです。彼の死因を追っている。けれど、警察は既に事件の調査を終えている。こんな人物は存在さえ知らないはず」

停止した画面には、ＳＩＮと会っている人物の姿。

映っているのは腕だけなので、性別さえ掴めない。背丈はＳＩＮとそう変わらないから、男性か、高身長の女性。画像は小さすぎて、皺や指輪などは分からない。

長谷川君は頷いた。

「この『黒シャツ』――アナタを襲った男と同一人物だとしたら、どうします？」

告げられた瞬間、恐怖で全身を硬直させていた。

もし、と無数の憶測が思い浮かぶ。

――仮にSINを脅して、飛び降りを仕向けた者がいたとしたら？

――仮にその殺人の実行直前の犯人を、私がうっかり撮影してしまっていたら？

――なにも気づかず投稿した私の動画を、犯人が見つけてしまったら？

――その動画の投稿者が、自宅の住所を晒《さら》すようなマヌケだとしたら？

犯人には動画視聴者がSINに気がつく前に、早急に動画を消させる必要がある。スマホを奪って操作するか。あるいは脅迫してアカウントを削除させるか。

「……断言はできないけど、私を襲った説明はつくのか」

突如現れて執拗に追いかけてきた襲撃犯。

彼は私のスマホを狙っていた。対話をしようとしながら、理由は打ち明けなかった。後ろめたい事情があるのは間違いない。

「『殺人説』――ファンの憶測でしたが、この動画を見て、確信に変わりました」

長谷川君が前のめりに告げてくる。

「動画の元データをください。細かくチェックします。仮に『黒シャツ』とアナタを襲った強盗が同一人物なら、必ず突き止めて真相を吐かせる」

彼の声には確かな怒りが宿っている。

私を睨み返す瞳には、初対面ほどの優しい印象はなく、青い炎のような熱量が感じられた。もはや殺気と表現できそうな憎悪。

ＳＩＮには、熱狂的なファンも多いと聞いたことがある。彼もその一人なんだろう。

スマホに映っている彼の顔に視線を落とした。元気そうに歩いている彼が、二時間以内に飛び降りるなど信じられない。強い虚《むな》しさに駆られる。

私は再び顔を上げ、長谷川君の強い眼差しを受け止める。

彼は「動画を見つけた」と簡単に説明したが、どれほどの労力が要るのだろうか。ＳＮＳに投稿された、関連する書き込みや動画全てをチェックしていたとでも？

その執着を感じ取った時、大きく息を吸い込んでいた。

「少し時間をくれないかな？」

◇◇◇

不思議そうな顔をする長谷川君をリビングに放置し、私は自室に向かった。

一人でゆっくりと考えたかった。

動画を渡すのは簡単だったが、脳裏にはそれ以上の算段があった。

自室の本棚には、大量の書籍が収まっている。自殺学の専門書から精神治療、あるいは自殺を扱った小説まで。幼馴染が下してしまった決断の理由を知りたくて、自然と買い集め、その内容に打ちのめされ続けてきた。

──健康的な人間には、熱病にうなされる者の心など分かるはずがない。

とある小説の主人公の主張は痛いくらいに正論で、突き放される心地だった。身体のどこにも病気はない自分が、なぜ絶望の中で藻掻《もが》き苦しむ人の気持ちが分かるのか。

それでも、理解したかった。

自殺を決断した者の心の内を覗きたかった。

動画投稿の中で願うのは、病院で眠り続ける幼馴染の決断への『なぜ』──無念にも命を落とす者たちの心理を、私は見つけたくて仕方がなかった。

なぜ人は自ら死なねばならないんですか？

その苦悩は、残される者の痛みさえも気にならないほどなんですか？

カスミを救う方法は、この世界のどこにも存在しえなかったのですか？

もし一人では知ることができないならば──誰かの力を借りてでも辿り着きたい。

「長谷川君」

本棚に背を向け、リビングに戻った。彼は行儀よくテーブルで待っていた。礼儀正しい子だな、と改めて彼を評価しつつ、己の直感を強める。

「まず部屋から出よう。もうすぐ母親が帰ってくる。説明が面倒だから」

「え？」

リビングを通り過ぎて玄関に向かう私に、彼は困惑するように首を傾《かし》げた。

「警察には相談しないんですか？」

元々はその予定だった。母親が帰宅次第、彼女と共に警察署に向かい、強盗の件を相談する。長谷川君は母親の帰宅まで待ってもらう。

けど予定変更だ。私は靴を履きながら、近くに話せる喫茶店がなかったか考える。

「どうして？　アナタの安全のためにも、警察に行った方がいいのでは？」

長谷川君も靴を履きつつ、私のあとに続いてくれた。

玄関の扉を開け、目の前にあるエレベーターのボタンを押した。一階にあったエレベーターはゆっくりと時間をかけ、私たちがいる十五階まで上がってくる。

外から吹き込んでくる夜風に、私は目を見開いた。

「私も知りたいんだ。ＳＩＮさんが亡くなった理由」

「はい？」

「だから、警察には言わないでほしい。それが動画の元データを渡す条件」

告げた瞬間、長谷川君は呆気《あっけ》に取《と》られたように固まった。

だが、彼にとってはどれだけ予想外であっても、私は本気だった。

ずっと知りたかった。死にゆく者の心を。

こんな機会は二度とない。その奇跡を確信した時、腹部から疼《うず》きを感じ取る。身体がうっすらと熱くなるほどに、私は興奮していた。

「ねぇ、長谷川君――ＳＩＮを殺した『ルール』を一緒に突き止めない？」

強盗に遭ってしまった以上、調査にはボディガードが要る。

適任は一人しかいない。ＳＩＮの死の真相を追い求め、どこか喧嘩慣れしている少年。共に取り組めるなら、これほど心強い存在はいない。私の衝動に付き合わせたい。

やがて開いたエレベーターに、先に乗り込んだ。

「いいでしょ？　襲撃犯の顔を正面から見たのは、私だけなんだから」

『開』のボタンを押し、じっと彼の答えを待つ。

最初、彼は戸惑っていたようだったが、やがて大きく息を吐いた。「もしかして変な人です？」と困ったように呟く。酷《ひど》い評価だったが、文句は言わない。

じっと待っていると、彼はＳＩＮのように爽やかな笑みと共にエレベーターの中に乗り込んでくる。同意とみていいだろう。

「よろしく」とエレベーターの扉が閉まりきると同時に私は告げていた。

この出会いが、きっと素晴らしい結果をもたらす、と私は信じて疑わない。

2章

人生で初めてSINの演技を見た時の衝撃は、忘れられない。

画面越しに魅せられた彼の笑顔は、僕に無限の生きる理由を与えてくれた。

当時の僕は、部屋から一歩たりとも外に出られない重度の引きこもりだった。

――大切な人に裏切られた。

人生全てを捧《ささ》げてもよかった相手に見放された僕は、生きる希望をなくしていた。カーテンを閉め切り、眠れないままベッドに横たわり続ける。なにも食べられていないのに、なぜか溢れた胃液がシンクを塞ぎ、部屋には悪臭が充満していた。涙さえも枯れ果て、乾ききった瞳が痛くて目さえ開けられない。高校やバイト先からの電話も出られず、着信音は耳を通り過ぎる。身体を動かす気力そのものが湧かない。毛布に包《くる》まっていれば、いずれ世界の終末が訪れる。そんなあり得ない空想に浸り続ける。

SINの映像を観《み》たのは、完全な偶然だった。

時折、鳴り響くスマホの通知音にウンザリして、電源を落とそうとした時、誤ってニユースサイトに接続してしまったのだ。ホーム画面には、その日のトップニュースが表示されるように設定していた。小さく切り抜かれていたＳＩＮの笑顔があまりに眩《まぶ》しすぎて、無意識に指で覆いたくなったのかもしれない。結果、ニュースが流れた。

スマホ画面いっぱいに溢れたのは――彼の初出演作品映画の切り抜き。

『君と朽ちるならば、冬がいい。雪解けまで誰にも見られたくないから』

彼の声を聞いた時、視界が鮮明に輝きだすのを感じた。

澄み切るほどに透明な声は、僕の心に溜まっていた泥濘《ぬかるみ》を洗い流すようだった。

『君と生きられるなら、僕は、春まで手を握る』

それは、ドラマのヒロインに告げたセリフだった。

けれど、耳に届いた瞬間に『これは自分に言っているのだ』と錯覚する。

きっと彼の演技を見た誰もがそう受け取ったに違いない。彼はカメラを見つめながら、その先にいる視聴者全てに強くメッセージを発していた。

あったのは――全身から力強い活力を迸《ほとばし》らせた演技だった。

あまりに純粋で無邪気な、生きる喜びを堪能《たんのう》する笑み。一切の不純から解き放たれたような、美しい瞳。身体を動かす全てに感謝を捧げるように。指先の一本一本までエネルギーの塊。

彼の演技全てが、僕の心を強く揺さぶった。

彼の演技をもっと見たい。そう感じた瞬間、なぜか空腹が押し寄せてきて、気づけば部屋の外に向かって、部屋着のまま飛び出していた。

その日から僕は、ＳＩＮのファンとして生き永らえている。

◇◇◇

ラフなパーカー姿で待っていた南鶴《みなみづる》に「昨日は眠れた？」と声をかけられ、呆《あき》れつつ「それはこっちのセリフです」と苦笑を零す。

南鶴詠歌のマンションを再び訪れたのは、彼女と知り合った翌昼だった。

結局、昨晩はかなり遅くまで一緒にいた。共に件《くだん》の動画の元データを確認したのだ。残念ながら編集前の元データも投稿された動画と大きく変わらず、落胆しながら解散した。

南鶴はカルピスが注がれたグラスをテーブルに並べながら微笑んだ。

「じゃ、改めてよろしくね、長谷川君。一緒に事件を追おうか」

明るい日中に見る彼女は、品の良さそうな女子高生だった。

背が高いモデル体型で、ショートデニムから長い足がスラッと伸びている。髪はボブカットでまとめられ、潑剌《はつらつ》とした大きな瞳が透け感のある前髪から覗いていた。ボーダーのシャツの上に薄手のパーカーを羽織った、夏らしい爽やかな装い。

「現実問題、どうやって探るんです？」

グラスを受け取りながら頷いた。

「結局、警察には相談しないんですか？　あの強盗は、ＳＩＮの死因について知っている。逮捕してもらうのがベストなんじゃないんですか？」

南鶴詠歌の動機はいまいち分かりかねるが、一緒に追ってくれるのは心強い。彼女は自殺直前のＳＩＮを撮影し、そして正体不明の強盗と対峙《たいじ》した重要人物。

頼りにはしているが、やはり彼女が警察に相談しないのは納得しきれない。

「もしかして強盗が直接、ＳＩＮを殺したと思っていない？」

聞き返され、咄嗟に返せなかった。

南鶴はカルピスのグラスに口をつけつつ「それはないよ」と語ってくれた。

「自ら飛び降りた遺体と、事件の遺体は全く違うらしいよ。自ら飛び降りた人は基本、足から落ちて大腿骨《だいたいこつ》が折れる。突き飛ばされたり事故で落ちたりすれば、空中でバランス崩すから別の部位が損傷する。他にも着衣の乱れ、生活反応も違ってくるんだって」

南鶴はつらつらと語ってくれた。

生活反応とは、出血や呼吸などのことらしい。怪我を負った際に心臓が機能しているかどうかで出血の度合いは変わる。例えば毒殺後にビルから突き落とされた場合、出血の少なさから警察は自殺ではなく殺人だと見抜ける。

つまりは警察が『自殺』と発表した以上、直接的な殺人は考慮しなくていいという。

「だから警察が強盗を逮捕できても、ＳＩＮの事件まで捜査される保証はない。強盗未遂として処理されて終わりかもね。ＳＩＮを直接的に殺したのは彼自身なんだから」

「だとしたら強盗がリスクを負って、アナタの動画を消す理由がないのでは？」

「そうだね。だから、きっと間接的に殺しには関わっているんだよ」

「間接的？　ええとつまり？」

「脅迫や恫喝《どうかつ》――ＳＩＮに自ら飛び降りるよう迫った。思いつくのは、そんなとこ。あの『黒シャツ』は飛び降りの現場にいて、彼を脅していたのかもしれない」

自らの思い込みが論理的に訂正され、なるほど、と腑に落ちた。

つい、あの強盗がＳＩＮを突き落とした想像をしていたが、さすがにそれなら警察も殺人と判断できるようだ。

だが疑問が残る――ならば、あの強盗はなぜ動画を狙ったのか。

強盗という犯罪に踏みきってでも、動画を狙った理由。相当な理由がなければ、行わないだろう。少なくとも強盗よりも、大きな罪が潜んでいるはずだ。

――間接的殺人。

法律的には『自殺教唆』と呼ぶのだろうか。十分な大罪だ。たとえ証拠不十分で警察に立件されなくても、社会的に大きな不利益を受けるだろう。

あの動画の端に映っていた『黒シャツ』は、その証拠を消したかったのかもしれない。

「私は、ＳＩＮが飛び降りた理由が知りたい」

南鶴は力強く、昨日と同じセリフを繰り返した。

「自殺学が定義するような、純粋な自殺とは異なるかもしれない。けれど、そこに彼の意志が少なからずあるなら、事件を追いたい。脅迫の内容を知りたい」

「間接的殺人の可能性でも、警察に相談していいのでは？」

「『真相を言わなければ、警察に通報する』――そう強盗と交渉できるじゃん？」

あっさりと明かされた彼女の意図に、しばし呆然としていた。

数秒ほど固まり、彼女の表情から、それが冗談ではない、と察して驚愕する。

「強盗と直接交渉する気ですか⁉」

「一番早くて確実だからね。そのためのボディガードなのだよ、長谷川君」

南鶴から挑発的に告げられ、僕は言葉を失っていた。

愕然《がくぜん》とする僕の前で、南鶴は涼しい顔で「ま、そんな危険な事態にはならないと思うけど」と補足する。彼女いわく、決して言葉が通じない相手ではないと言う。

それでも、僕はなんとも言えない心地になった。

やけに詳しく自殺遺体について語ってみせた南鶴。女子高生が一夜漬けで仕入れた知識とは思えない。そもそも自ら真相を暴こうとする態度からして、かなり不気味だ。

緊張で乾いていく口内に、僕はカルピスを流し込んだ。

「分かりました。僕は、SINの大ファンです。彼が亡くなった死の真相を知れるなら、なんでもしますよ。殺した犯人に復讐《ふくしゅう》できるなら、どんな危険を冒してもいい」

「そんなに好きなんだね、SINさんのこと」

「それで？　この後の方針は、なんですか？」

彼女と協力する覚悟を定めつつ、話を先に促した。

「まさか調布駅《ちょうふえき》の前でひたすら強盗を待ち伏せするわけじゃないですよね？」

「もちろん。まずは『ルール』を突き止める――それが当面の目標だよ」

彼女が口にした単語が、なにを意味するかはすぐに分かった。

SINが飛び降りる直前、SNSに書き込んだ一文。

――【オレは、ルールの下で死んでいく】

多くのファンがこの『ルール』を解き明かそうと躍起になっている。

「例の遺言、まるで『ルールそのものに殺された』ように感じられない？」

南鶴から問いを向けられ、僕は頷いた。

「『黒シャツ』はSINにルールを守るように脅迫した？」

「全て繋がるよね。『黒シャツ』はSINを脅迫し、彼はルール通りに飛び降りた。その現場を撮られた『黒シャツ』が後日、私を襲う――まぁ、まだ推測でしかないけど」

「いえ、僕も同じ考えでしたから」

「とにかく調査の取っ掛かりとしては、これ以上に相応《ふさわ》しいものはないよ」

南鶴はテーブルの上に、プリントアウトされた資料を置いた。

「幸いネットの有志たちが既に候補を絞ってくれている」

彼女がまとめた、資料だった。プロフィール、芸歴、過去インタビューのまとめ、そして、ファンたちが推測する『ルール』の候補。極端な陰謀論は排除されており、ファンの間でも有力な仮説と支持されているもの。

ファンたちの推測は当然、自分も一度目を通したことがある。

だが、いくら読み込んでも真相に繋がるとは思えなかった。

「もちろん、簡単に解明できるとは思わないよ。熱心なファンでも無理なんだから。けれど私たちには件の動画。そして、それを狙って襲った強盗の情報がある」

資料の隣に置かれたのは、南鶴のスマホ。

画面には、彼女のチャンネルが映っている。最新の動画は、問題のショート動画だ。あえて削除せずに公開し続けるらしい。強盗を誘う挑発だろう。

「まとめると、私たちの調査方針は二つ。一、ＳＩＮのルールを追い、事件の真相を探る。二、その過程で強盗を特定できたら、彼に真相を吐かせる」

彼女の計画を知らされ、大胆な発想に感服する。自身を危険に晒すことさえ物ともしない行動力。とりあえずは彼女の方針に従いつつ、僕は身体を使うことに専念した方が良さそうだ。

ボディガード。そんな真似ができる自信は正直、全くないけれど。

「……ネットの有志が絞ったルールの候補は、三つありますよね？」

資料を指差し、誇らし気に頬を緩めている南鶴を見つめる。

「どこから手をつけます？　──『信仰』、『芸能事務所』、『過去』」

「一番、手が届きそうな場所」

一切の迷いなく、南鶴は即答した。

◇◇◇

ＳＩＮが「天使」と賞賛された要因は、彼の演技やルックスだけでない。

異常性──大衆を惹きつける魅力を持ち合わせながらも、一般的には理解しがたい行動力を兼ね備えていた。「天使」は人間離れした生き方を貫く彼への畏怖でもある。

大きな要因は彼の労働量。本人いわく、一日に十六時間以上働いているらしい。無論、労働法上そんなに長時間は働けないが、芸能界は特殊な世界だ。労働時間に含まれない、演技の練習、脚本の読み込み、過去の作品研究などの準備も多い。インタビューの場で明かされた、彼の過密な一日のスケジュールに、ファンは絶句したという。

そして、その一方で彼は決して金銭に執着していたわけでもない。それだけ働きながらも収入の大半は寄付していたのだ。その一つは日本赤十字社であり、表彰状がファンサイトに掲載されている。表彰状の種類から数百万以上の寄付は確実。十八歳の少年の多額の寄付は、何度もテレビで取り上げられていた。

――強迫観念のような感情に突き動かされていたのではないか。

そうファンたちが推測するのは必然。彼の遺言は、その裏付けだ。

彼らは、過去のインタビューなどから三つの仮説を立てた。

――信仰。

SINは洗礼を受けたクリスチャンだと公表している。日曜日には毎週、同じ教会に通っているとファンコミュニティで明かしている。「ゴルゴダの丘基督《きりすと》教会」という設立したばかりの教会。SINはそこで特殊な教えを施され、生き急いでいたのではないか。

ルールとは、戒律、という仮説だ。

――芸能事務所。

ＳＩＮが所属していた「カタクリ・プロダクション」は六年前、反社会団体との繋がりで世間を騒がせた。今も繋がっているのではないか、という黒い噂も絶えない。ＳＩＮ以上の有名芸能人はおらず、稼ぎ頭であるＳＩＮに、反社の力を仄《ほの》めかしながら過酷な労働を強いていたのではないか。

ルールとは、命令、という仮説だ。

――過去。

ＳＩＮは本名を含めて、一切の過去を公表しておらず謎に包まれている。これだけ白熱した報道が行われながらも、中学校や小学校のクラスメイトや教員等、彼の過去を知る者は現れない。特殊な生い立ちがあり、それが彼を縛っていたのではないか。

ルールとは、過去の呪縛、という仮説だ。

この三つのどれかが彼を殺したのではないか、というのがファンたちの推測だった。

◇◇◇

南鶴は「まず現場をしっかり見ておきたいな」と提案した。

電車で川崎市《かわさきし》まで移動して、目的の街に辿り着く。

駅前はドラッグストアや飲食店で賑《にぎ》わっており、駅正面の商店街も活気が溢れていた。しかし一本路地に入ると、雰囲気はがらりと変わる。路上に捨てられたタバコやコンビニ商品の空き箱が増え、夏の熱気で腐っていく有機物の臭いが鼻腔を刺激する。

「そういえば、事件当日、現場付近で火災が起きていたんだよね」

路地を進みながら、南鶴が呟いた。

「私の動画にも消防車のサイレンの音が入っていたでしょ？　近くで火事が起きていたんだよ。もしかして事件に関係あったりしない？」

「火事は知っていますよ。ただ、無関係だと思います。アレはただのガス漏れなので」

カラオケ店が入っていた商業ビルで発生した火災だ。元々、古いビルだったらしく、空を赤々と照らすほどに燃え上がったという。幸い死者は出なかった。原因はガス管の老朽化であり、人が関わった形跡はない。

まさか彼が野次馬をしているうちに、ビルから転落したなんてことはないだろう。

飛び降りたビルと火災現場は、いくつかのビルで遮られ、二百メートル以上離れている。

「ただ、当時、大量の野次馬が集い、現場にカメラを向けていたようです。ＳＮＳには大量の動画があがっていました。どれもSINは映っていませんでしたが」

「……すごいね。もうチェック済みなんだ」

「動画漁りが習慣になっているんです。アナタの動画を見つけた理由ですよ」

語りながら、南鶴を襲った強盗も同じかもしれないと思い至った。火災の野次馬がアップした動画の数々。ハッシュタグに用いられた地名から、関連動画を回る。その結果、SNSのアルゴリズムにより、南鶴の動画が突然、表示されたのだ。

そんな推測を語り合っているうちに、目的のビルに辿り着いた。

八階建ての、今は使われていない廃ビルだ。かつては医療ビルだったらしく「久石《ひさいし》メンタルクリニック」「溝口《みぞぐち》皮膚院」などの表記の看板が今も残っている。その奥にはエレベーターがあるが、当然、起動していない。入り口も封鎖されている。

「柵は高いね。やっぱり事故の線はないよね。突き落とすのも無理。無理やり襲ったなら、着衣の乱れはあるはず」

手で日差しを遮りながら、南鶴が呟いた。

屋上には、高い柵があった。置かれたエアコンの室外機と比較したところ、それなりの高さがあると推測できる。うっかり転んで落ちたとは考えにくい。

裏手に回ったところで非常階段を見つけた。ここからSINは屋上に上がったと言われている。現在は鎖で何重にも封鎖されている。

非常階段の下には、大量の花が置かれていた。

「暑いのに、活《い》き活《い》きとした花が多いね。毎日、人が来ているんだ」

「SINは本当に人気があったんですよ」

写真やグッズが積まれ、取り囲むように大量の白い花々が置かれている。枯れた花は誰かが頻繁に取り換えているのか、真新しい花々が並んでいる。

事前に購入していた白ユリを置き、黙祷を捧げた。

「じゃあ行こうか。教会は、この近くなんだよね？」

現場確認を済ませると、南鶴はすぐに歩き始めた。

もう少し献花を眺めておきたい心地を抑えつつ、彼女を追いかける。

「調査方針は任せましたが、本当に行くんですか？　例の怪しげな宗教施設」

「怪しげっていうのは、ネットに毒されすぎてない？」

歩きスマホで地図を確認しながら、南鶴は苦笑を零した。

「普通のキリスト教の教会だよ。小此木《おこのぎ》さんっていう若い人が、神父さんをやってる小さなプロテスタント教会。新しいけど、決して怪しい新興宗教でもない」

一晩で粗方は調べていたらしい。

感心しつつも、過ちがあったので指摘する。

「プロテスタントの司祭は、神父ではなく牧師と呼ぶらしいですよ」

「へぇ、呼び方が違うんだ」

「一体、どうするんですか？　そんな一夜漬けの知識で。まさか教会に直接乗り込んで『SINについて詳しく教えろ』って迫るんじゃないでしょうね……」

どんな算段があるのか、と不安になっていると、先を行く南鶴が足を止めた。

彼女の前には、小さな雑居ビルが建っていた。四階建てのいかにも古そうな建物だが、ビルの屋上には不釣り合いに輝く金の十字架が立っている。灰色の四階部分の壁面に赤字で『ゴルゴダの丘基督教会』と記されていた。

ここが教会で間違いないが、一階には飲食店、二階には不動産屋のテナントが入っている。三階はなにも記されていない。

「これ、本当に教会？」

南鶴が困惑したように眉を顰《ひそ》めている。

彼女のイメージとは異なっていたようだ。駅の喧騒《けんそう》に紛れるように存在する教会。そこに神秘性はまるでなく、雑然とした佇まいだった。

「一応ホームページには『どなたでも受け入れます』と書いてあったけど……」

「アポイントメントでも取って、別日に出直します？」

さすがに尻込みを隠せない南鶴。

だが、決して引き返そうとはしなかった。小さく息を吸い込み、ビルの中に入っていく。ビル奥にあるエレベーターのボタンに手を伸ばした。

　僕も、どうにでもなれ、と覚悟を決め、彼女のあとに続いた時だった。

「教会に御用の方ですか？」

　背後から、鋭い声がかけられた。

　僕たちとそう変わらないティーンエイジャーの少女が立っていた。七分袖のブラウスとジーンズを着た、すらりとした細身の体型。明るい茶髪は軽いパーマがかけられ、その鋭い目元の上でキレイな弧を描いている。

　彼女は呆れのような溜め息を零し、僕たちを睨んでいた。

「今日は祈禱《きとう》会があるんです。小此木先生に御用なら、別日にした方がいいですよ」

　僕らを押し分けるようにして、エレベーターのボタンを押した。エレベーターがゆっくりと四階から降りてくる。

　南鶴は不思議そうに瞬きをした。

「アナタは、教会の関係者ですか？」

「ただのクリスチャンですよ。けれど、アナタのような方々、もう見飽きたので」

「見飽きた？」

「どうせＳＩＮ君のファンでしょう？」

　吐かれた溜め息には疲労が入り混じっていた。

「お寺かお墓と勘違いされる人も多いんですが、ここは祈りの施設なんです。遺骨も墓石もありませんよ。今も静粛に祈りを捧げる信徒が集っています。キリスト教に興味があるなら誰でも構いませんが、冷やかしで踏み入るのはやめてくれませんか？」

彼女は灯《とも》るエレベーターの文字盤をじっと見つめている。

これ以上の会話を打ち切るように、扉が開いた途端、彼女はエレベーターに乗り込んで、弾くように強くボタンを押した。

「小此木先生も信徒の皆さんも、ＳＩＮ君の件は、心を痛めているんです」

彼女の言葉と表情は、この二か月で多くのファンやマスコミが押し寄せたことを物語っていた。教会に通う人からしてみれば、平穏を脅かされたも当然だろう。

目の前でエレベーターの扉が閉まっていく。

どうするのか、と思った時、南鶴が足を差し出し、閉まる扉に靴を挟ませた。

「事件当日のＳＩＮさんを、撮影しました」

再び開いていくエレベーターの扉。呆気に取られる信徒の少女に、南鶴はスマホの画面を差し向けた。僕の角度からは見えないが、例の動画なのだろう。

相手の反応は如実だった。

南鶴からスマホを奪うと、食い入るように画面を見つめている。『ＳＩＮ君』と親し気に呼んでいたので親交があるとは思っていたが、まさかここまでとは。

「……この動画、どこで？」

「お話しします。代わりに生前のＳＩＮさんについて教えてくださいませんか？」

南鶴の提案に、相手の少女はすぐに首を縦に振っていた。

思ったよりも力業の交渉だった。

◇◇◇

エレベーターで出会った少女の名は、日下部春奈《くさかべはるな》というらしい。高校三年生と明かしてくれたので、十七歳か、十八歳なのだろう。南鶴と同学年だ。

彼女は教会の近くにある、小さな雑居ビルに案内してくれた。

年季が入ったビルの一階には、椅子とテーブルが並べられている空間があった。壁には子どもが描いた絵や、折り紙などの作品。あるいはクリスマスや夏祭りを祝うような写真が貼られている。

「子ども食堂だよ」と日下部が入りながら案内してくれる。「信徒の方が運営していて。昼間は自習室として開放されているの」

気まずさを抱えつつ、南鶴の陰に隠れるようにして入っていく。

空間の奥では、小学生らしき子どもたちが机で宿題に励んでいた。机の端には、子どもたちのために麦茶のピッチャーが置かれていた。無料で来られる、冷房が効いた空間というのは、子どもにとっては貴重かもしれない。

日下部は奥に向かって「進藤《しんどう》さん。奥の相談室、使わせてください」と声をかけている。彼女はどうやら常連客らしい。

やがて奥からエプロン姿の女性が現れる。一本の芯が通ったような、ピンとした骨格の持ち主だ。女性にしては高身長かもしれない。年齢は五十代くらいだが、その真っ直ぐ伸びるような姿勢のせいか、若々しい印象を受ける。爽やかな風合いの、長袖のサマーセーターもよく似合っていた。

進藤さんは日下部の隣に立っている、南鶴をじっと見つめた。

「ええと、アナタは――」

「――訳あって、SINさんの事件を追っている人間です」

「あぁ、そう。SIN君の……」

戸惑いが込められた、呟き。

進藤さんは僕と南鶴を交互に見つめたあと、やがて「ゆっくりしてくださいね」と事務的な声音で伝えて、再び子ども食堂の奥に入っていく。

「お邪魔だったのかな……？」と小声で呟く南鶴。

「まだ辛《つら》いんだよ、SIN君の件」

日下部がすまなそうに補足した。

「進藤さん、SIN君を特に可愛がっていたからね」

「え、彼もよくここに来ていたんですか？」

「そうだよ。ここ、二年前に進藤さんが開いた食堂でね。当時は結構大変だったんだよ。私とSIN君はここで勉強させてもらうかわりに、よく手伝ってた」

「そんな一面もあったんですね」

感心するような南鶴に、日下部は「実は、SIN君、かなり勉強苦手なんだよ」と秘密を打ち明けるように呟き、パーテーションで仕切られた空間に案内してくれた。

対面になるよう、ソファが二つほど並べられている。

日下部が椅子を運んできて、彼女はそこに腰を下ろした。

向き合って開口一番、日下部は「さっきはごめんなさい」と頭を下げた。

「かなり感じ悪かったよね。ここ二か月、本当に迷惑な来訪者が多かったから。『SIN君を洗脳させ、追い詰めたんだ』って、変な言いがかりをつけてくる人ばかりで」

そこから、彼女は事件後の『ゴルゴダの丘基督教会』の苦労を語ってくれた。牧師である小此木先生にマスコミから取材が殺到し、礼拝さえ満足に行えなかったという。他にもネットに溢れる陰謀論者が、この教会を諸悪の根源と捉えたようで、教会を出入りする信徒に付き纏《まと》う者が現れたり、カメラを構えた動画配信者が突撃取材に押しかけてきたり、散々だったらしい。日下部自身も、ファンに囲まれることもあったようだ。

先ほどの苛立たし気な態度は、それが理由らしかった。

「私は自衛のために、強盗を追っています」

南鶴はまず自身の立場を強調し、事情を説明した。

投稿していた動画にSINが映っていた件と、投稿直後に危険な男が現れた件を端的に語る。警察に相談していないことは、巧みに伏せていた。

「そして、隣の長谷川君は——」

「——純粋なSINのファンです」

僕の自己紹介は短い。話せる情報は他になかった。

日下部は物珍しそうに「男性ファンか」と微笑んだ。

「SIN君のファンは女性が多いのにね。どこに惹かれたの？」

「演技、ですかね。初主演映画の『海嘯に咲け』を見た時、号泣しちゃって」

「わたしも泣けちゃったな。ラストの絶叫、あれ、七回もリテイクしたんだって。インタビューで読んで、本人に確認したら、めちゃくちゃ照れくさそうに頷いてくれた」

どうやら日下部は、SINのファンでもあるらしい。

「あの、さっきから気になっているんですが」

南鶴がおずおずと手を挙げた。

「もしかして、彼は教会でも芸名を名乗っていたんですか？」

「うん。ていうか、逆。元々、教会で呼ばれていた仇名《あだな》が『ＳＩＮ』君だったらしいよ。彼はそれをそのまま芸名にしたんだって」

日下部は「だから本名は私も知らないかな」とすまなそうに頬を掻《か》いた。

南鶴は「そんなケースもあるんですね」と相槌《あいづち》を打ちつつ、話を進める。

「もしかして彼とは親しい間柄だったんですか？」

「『かなり親しい』は言い過ぎだけど、一応ね。毎週日曜日に教会で会っていたから。同世代は珍しいし、自然とよく話すようになっていたかな」

「そもそも質問なんですが、あそこの教会って一体なにをやられているんですか？」

「なにをって言われても普通の礼拝だよ」

日下部は呆れと苦笑が入り混じった笑みを零した。

「誤解していると思うんだけど、ステンドグラスや懺悔《ざんげ》室みたいな設備があるのは、基本カトリックの教会だよ。プロテスタントは質素。ここは特にボロいけどね。活動自体は普通。毎週日曜日に礼拝と水曜日の祈禱会があるくらいかな。平日の夜も、悩みを聞いてほしい人のために開けているみたいだけど」

「どんな人が集まっているんですか？」

「だから普通のクリスチャンだって。両親がそうだから自分も、という人も多いしね」

「そうですね。失礼な質問でした」

「まぁ、世間のイメージ通り、なにかしらの悩みを抱えている人もいるよ。小此木先生は、アルコール依存症の人への支援や、元受刑者や非行少年の立ち直り支援もしているしね。そういった生きづらさを抱える人や不登校の子ども、うつに悩む人、他には――」

麦茶が入ったグラスを軽く持ち上げ、日下部が笑った。

「――自殺願望がある人」

やけに強調された言い方。

南鶴が息を呑《の》んでいる。僕もまた同様に察して呼吸を止めていた。

日下部は自嘲めいた笑みを見せる。

「お察しの通り、わたしのことだよ」

「そうだったんですね……」南鶴の声は震えている。

「学校でイジメられていてね。逃げ出した時にたまたま小此木先生の記事が目に入って、何度も話を聞いてもらったんだ。ＳＩＮ君と出会ったのは、日曜礼拝の時」

日下部は円を描くようにグラスを揺すった。生じていく渦が氷を底に埋めていく。

「長谷川君は『道化師ちゃんとシェアハウス』って見たことがある？」

それは、ＳＩＮが出演していた恋愛リアリティー番組の名前だった。

僕は首を横に振った。

「いや、見ていません。見たいとは思うんですが、もう配信期間が終わっていて」

「そっか。見ていたら、分かりやすいんだけどね」

日下部は残念そうに笑った。

「日曜日の午前はいつも外出していたでしょ？　さっきも言ったように礼拝の後は、わたしとここで勉強していたんだよ。合間に他愛のない話を弾ませてね」

「どんな話を交わしていたんですか？」と南鶴が尋ねる。

「ただの世間話程度。彼は超勉強熱心で、それどころじゃなかったから。仕事の話もあまりしてないかな。出演作を知り合いに見られるのを恥ずかしがるから」

彼女は嬉《うれ》しそうにソファを手で撫でている。

もしかして、この席なのだろうか。

しばらく口を閉ざした日下部の表情には微かな興奮と拭いきれない悲哀が混じっている。彼に恋心を抱いていたのだろうか、と飛躍した発想が頭を過る。

「単刀直入に聞きます」

南鶴は踏み込む決断を下したらしく、改めて背筋を伸ばした。

「ＳＩＮさんを殺した『ルール』に心当たりはありますか？」

「信者に死を迫る戒律なんてない」

日下部は即答した。

先ほどまでの和やかな態度から打って変わって、不愉快そうに「もう聞き飽きるくらい、同じ質問をぶつけられたよ」とグラスの中身を一気に飲み干した。

「正直、迷惑。怪しい宗教団体と一緒にしないでほしいな」

「SINさんが過度の仕事を引き受ける一方で、報酬の大半を寄付していたのは？」

「SIN君が自主的にやっていただけだよ。小此木先生が強制したわけでもない。寄付先だって教会じゃなくて大半は赤十字。ネットの噂はデマだよ」

怒り混じりに日下部は説明してくれる。

無論、信徒の寄付は存在する。日曜礼拝の後は、気持ちばかりの金を教会に献金する。だが、せいぜい一人千円程度だ。決して強制ではない。青年会や婦人会などの組織もないらしい。『誰でも通いやすい、心のジムのような教会』――それが小此木牧師のモットーであり、推奨されるのは毎週の日曜礼拝くらいのもの。

「そもそもSINさんは、なぜ教会に通っていたんですか？」南鶴が質問を続ける。

「そこまでは教えてくれなかったな。熱心な信徒だったのは間違いないけどね。撮影の関係で日曜に東京から離れている時も、その土地の教会に通っていたくらいだし」

一通りの話を聞き終えた南鶴が、小声で話しかけてくる。

「ここまでの話、どう思う？　長谷川君」

「信頼できる方だと思います。改めて動画を見せたほうがいいんじゃないですか？」

少なくとも日下部に、嘘《うそ》をついている素振りはなかった。やりきれない感情のままに言葉を発しているように見える。なにより時折、哀《かな》し気に目を細める仕草に、ＳＩＮを本心から悼む気持ちが感じ取れた。そうでなければ、初対面の時、あれほど激高した態度は見せないだろう。

南鶴は小さく頷き、スマホを取りだして例の動画をもう一度日下部に見せた。

彼女は何度も繰り返し再生し、やがて背もたれに身体を預けた。

「間違いない。ＳＩＮ君だ」

彼女の目元には涙が滲《にじ》んでいた。

「……そうか。やっぱり彼は殺されていたんだね。この『黒シャツ』に」

「やっぱり、とは？」

「ずっと思っていたからだよ。ＳＩＮ君が自ら飛び降りるはずがないって。ずっとひたむきで、とにかく底抜けに明るくてさ。『人生で一度も、死にたいなんて考えたことはないなぁ』って言っていたんだよ」

「それは、どういう文脈で言った言葉なんです？」

「私が人生相談した時。『死にたい』って言ったら『共感できなくて、ごめんね』って謝られちゃった。嘘でも『その気持ち、分かる』って言えばいいのにね」

ある意味で彼らしい言動だった。

多くの番組に彼は出演していたが、気休めの慰めや上辺だけの共感を示す行動を一切しない。思ったことをありのまま語る姿と語られるポジティブな発言に、多くのファンは好感を抱いている。

「死ぬはずがない。殺されたんだよ、SIN君は」

まるで自身に言い聞かせるような声音に、僕も同感した。

SINは本当に死ぬような男ではなかったのだ。

だからこそ日本中が衝撃を受け、今もネットで論争が巻き起こっている。

「この『黒シャツ』に見覚えは？」

南鶴が質問をぶつけると、日下部はすまなそうに首を横に振る。

「さすがに袖だけじゃなんとも」

「同一人物と思わしき強盗は、今、手首に引っ掻き傷があるはずです。万が一に教会関係者にいないか、日曜礼拝の時に確認してもらえますか？」

「……どうだろうね。一応確認はしてみるよ。手首に傷がある人、ね。うん」

「もしかして心当たりが？」

「ううん。いなくはないけどね。女性だから違うかな」

強盗は間違いなく男性なので、考慮しなくていいだろう。

日下部は話題を変えるように「とにかく教会は無関係だと思う」と手を振った。

「それより調べるべきは芸能事務所じゃない？」

思わぬ言葉に、僕は思わず瞬きをしていた。

南鶴がすかさず「どうしてです？」と身体を乗り出す。

「さっきも言った通り、うちの教会には元受刑者の人も通っているんだよね」

日下部はさらりと「多分、組にいた人」と補足する。

いわく、かつて刑務所にいたらしいが、現在は真っ当な職に就いている人らしい。服の隙間から入れ墨が見えたそうだ。

「彼がよくSIN君を心配していた。『お前んとこ、今も半グレと繋がってるだろう？』って。SIN君は『どうなんでしょうね』って笑って流したけれど」

僕と南鶴は思わず、目を見合わせていた。

SINが所属している芸能事務所の黒い噂だ。かつて反社会団体と関わりがあったという報道。現在も繋がっているという噂が真実なら、一気に疑わしくなる。

南鶴は食い入るように相手を見つめた。

「『SINは芸能事務所に縛られていた』――そういう主張ですか？」

「うん、鬱になるほどの過労を強いていたとか、そんな絶対服従の掟《おきて》。だって、おかしいじゃん。まだ十八歳だったSIN君が稼いだ金を寄付し続けるなんて」

　ＳＩＮの異様なほどの仕事への執着は、日下部も相当心配していたらしい。いつの日か多忙を理由に子ども食堂での勉強を止《や》めてから、彼の健康をずっと気にかけていたようだ。日曜礼拝で『たまには休もうよ』と何度も気晴らしを提案したが、断られたらしい。

「事件の前、彼がなにか思いつめていたのは事実なんだよ。すごく苦しそうに溜め息をこぼしたり、礼拝中に頭を抱えたりする姿を、何度も見た」

　語りに熱を帯びていく日下部は、突然僕の方に視線を投げかけてきた。

「だってさぁ、事件直前の生放送もヤバくなかった!?　ＳＩＮ君の顔がかなり青白くて。芸人さんからの質問の返しも、いつもの切れ味がなかったというか」

「あ、いや、その映像も見たことがなくて」

　咄嗟に視線を逸《そ》らしてしまった。

　嘘を吐《つ》く発想もあったが、この強い熱量があるファンの目を誤魔化せるとは到底思えなかった。つい正直に答えてしまう。

　隣では南鶴が不思議そうに首を傾げている。

　日下部も意外そうに目を丸くし、戸惑っているようだった。

　仕方のない反応かもしれない。ＳＩＮの死から二か月が経っても死因を追う、熱烈なファン――そんな人間が、ＳＩＮが過去、出演した番組を全く視聴していないのだから。

　気まずい心地で黙る僕に、日下部が「ねぇ、長谷川君」と呼びかけてきた。

「SIN君の舞台は観に行ったことがある？　何作かあるけど」

「ありません。ネット配信されている作品だけ、見ました」

「ファンコミュニティには参加していた？　芸能事務所がリアルタイム配信をよくしていてくれたよね。実はわたし、毎週見ていたんだよ」

「……配信は、アーカイブが残っているものだけ」

　軽やかな口調で語られるファントークに、全くついていけなかった。

　日下部は全てを察したように頷き、冷ややかな視線をぶつけてくる。口元には笑顔を浮かべているが、眼差しは敵を排斥するような厳しさを宿している。

「長谷川君、君はいつからSIN君のファンになったの？」

「――自殺の五日後です」

　目の前のテーブルに視線を落とし、正直に告白した。

「彼の生前の活動はリアルタイムでは追っていません。自殺が報道されてニュースになった時、初めて彼の出演作品に興味を持ちました。『海嘯に咲け』を観たのはその直後です」

　明かした途端、日下部の口元がすっと結ばれた。

　同じファンとして笑いかけてくれた友好の笑みは、もうどこにもない。顔が強張《こわば》り、呼吸さえも静かに、じっと僕を睨みつけている。

「長谷川君は、ＳＩＮ君が自殺したから興味を持ったの？」

声には軽蔑が込められている。

無論、人が誰かを好きになる理由なんて、なんでもいいはずだ。事件で話題になり、初めて作品を鑑賞して、そこから彼のファンになった者も多いという。

だが日下部は、僕がそんな人たちとも異なるとは気づいているらしい。

彼女自身、思い詰めた過去がある。鋭敏な感覚があるのかもしれなかった。

できるだけ誠実な言葉を探したが、なにも見つからなかった。

「――僕も、死にたかったから」

告げた途端、隣にいた南鶴からハッキリと息を呑む音が聞こえてきた。

◇◇◇

絶望の底にいた僕を救ってくれたのはＳＩＮの演技だった。

大切な人に裏切られて、社会を拒絶し続ける日々。その中でスマホのホーム画面に表示されたのは、ＳＩＮの功績をまとめたニュースサイトだった。数日前に亡くなった彼はしばらくトップニュースを独占していたから必然だろう。スマホの誤タップで再生されたのは、彼の名シーンと称された切り抜きだった。

——彼のように死にたくなった。

彼の演技を初めて見た時、胸から沸き起こったのは憧れだった。

指先一本一本まで生命力を帯びたような、輝かしい演技。溢れんばかりの才能。そんな人物が自ら命を絶てたという事実に、僕は強く勇気づけられたのだ。これだけ輝かしい彼にできてどうして僕にやれないことがあろうか。

食事を終えた僕は、動画サイトを巡回した。バラエティー番組で芸能人からの質問に、頓珍漢な答えを繰り出す彼を見た。ファン向けのインタビュー動画で、とりとめのない雑談を十分間やめなかった彼を見た。

常に美しい笑顔を浮かべ、この世界の哀しいことなど何一つ知らないように笑うSIN。そんな彼でさえ命を絶てるという真実はまさに死にたい人間にとって希望そのもの。事実、日本中に彼の後を追う者が溢れているという。

——死のう。SINのようにビルから飛び降り、彼の元へ行こう。

決意を口にした途端、しばらくぶりに呼吸がうまくできた気がした。ずっとベッドで動けなかった過去が嘘のように脳が熱くなる。彼が飛び降りたビルを調べようとスマホを握る。

『殺人説』——調べた際に出てきた単語が、僕の思考に冷や水を浴びせた。

SINは自ら飛び降りたのではなく、何者かに突き落とされたのだ、という発想。

本来の僕ならば、バカバカしい陰謀論と聞き流していただろう。

けれど、SINの出演作品を追いかけた今となっては、むしろ腑に落ちた。

――果たして、SINは本当に自ら命を絶つような人間なのだろうか。

その発想が頭を過った途端、計画は中断せざるをえなかった。

それから高校にも通わず、バイトにも行かず、ネットの海を彷徨《さまよ》い始めた。

どんな些細《ささい》な情報でもいいと二か月間、かき集めた。

ある意味では、彼は僕を絶望の底から引き上げてくれたのかもしれない。少なくとも彼の死因を追う間は、自らの命を絶つことなど、考えずに済んだから。

自殺直前のSINを撮影した、南鶴詠歌のアカウントに出会ったのはそんな因果だ。

◇◇◇

子ども食堂から出る頃には、日が暮れ始めていた。

昼の夏日の熱が残った歩道は、駅に向かう人で溢れている。彼らの背中にも夕陽《ゆうひ》が降りそそぎ、暑さから逃げるように忙《せわ》しなく足を進め、僕たちの前を過ぎ去っていく。

南鶴とその場で立ち尽くし、ぼんやりと流れていく人たちを見送る。

僕の本心を知った日下部の反応は、ひどいものだった。

『すっごく失礼で不謹慎じゃない？　ＳＩＮ君に対して』

憤りを隠さずに、初対面の時よりも軽蔑が籠った眼差しを送ってきたのだ。微かに手も震えていた。グラスに入った麦茶をかけられなかっただけマシかもしれない。

『何人も教会に来たよ。ＳＩＮ君を「自殺の先達者」みたいに扱う人。ふざけてるよ』

ＳＩＮには、それだけの魅力があった。

彼の笑顔には、死と最も遠いような煌《きら》めきがあった。どこまでも残酷に現実を突きつけたニュース。実際に後を追ったとされる事例も幾度となく報道されている。

『ＳＩＮ君は自殺者のシンボルなんかじゃない‼』

涙を堪えるように訴えた彼女は、当然の反応だと思う。

僕は頭を下げ、すぐに子ども食堂から出た。

南鶴は少し残って会話を交わしたようだが、やがて僕の後を追ってきた。

僕と南鶴は子ども食堂から少し離れた駅前の道で、どちらからともなく足を止め、街の喧騒に紛れるように息を潜めた。気配を消せば、気まずさもなくなるのではないか、と期待するように。僕だけがそう思っているのかもしれないけれど。

それでも先に発言するべきなのは、調査を打ち切る要因を作った僕だった。

「ごめんなさい。足手纏《あしでまと》いでしたね。せっかく盛り上がってきたところだったのに」

「全然いいよ」南鶴の声に、これまでの明るさはない。冷たいというより、感情が薄れた声。「必要なことは聞けたしね。日下部さんにはまた謝っておく」

彼女はちらりと教会の方向に視線を送った。

教会がある小さなビルの屋上に立つ、十字架が見えていた。夕陽に照らされ、金色に輝いている。今頃、祈禱会が開かれているのだろう。

その十字架をじっと見つめたまま、南鶴がぽつりと呟く。

「……長谷川君は死にたかったの？」

「そうですよ」

「もしかして、今も？」

僕から視線を外したのは、彼女の配慮なのかもしれない。じっと見つめられていたら、誤魔化しの言葉を紡いでいただろう。

決して十字架から目を離さない南鶴の横顔をこっそり観察する。

答えを躊躇う。ハッキリ告げてしまえば、きっと相手に重荷を背負わせてしまう。どうせ答えなど沈黙で明白なのだ。

「それは」南鶴は、十字架を見つめ続ける。「ＳＩＮさんと同じようにってこと？」

「最初はそのつもりでした」

「今は違うの？」

「はい。彼の作品を鑑賞しているうち、どんどん分からなくなっていったんです。彼の演技は、今を生きる必死さで溢れていたから」

僕は南鶴から視線を外し、彼女とは違う方向を見つめた。

昼間に僕たちが立ち寄った、ＳＩＮが飛び降りた廃ビルが夕日に照らされている。

「ＳＩＮは殺されたのかもしれない。真実を知らなきゃ、死ぬに死ねない」

復讐心で生き永らえている、と言っても過言ではない。

死にたさが消えたわけではない。夜を迎える度に、あるいは、一人になる度に、死にたい衝動は身体の奥底から沸き上がり、唇を固く結んで堪える羽目になる。けれど、決断を下すにはまだ早い。きっと耐えられる。耐えねばならないと、自分に言い聞かせる。

事件を追う度に募る憤りが、辛うじて僕の心臓を動かし、全身に血を送っていた。

「じゃあ、もし、の話だけれど」

南鶴の声から一層、感情味がなくなる。

「もしＳＩＮさんの飛び降りが完全に彼の意志だと証明されたら？」

視線を戻すと、いつの間にか、彼女は見開かれた瞳でじっと僕を見つめていた。彼女のまつ毛が見えるほどの至近距離。真実を逃すまいと尋問されている心地がした。

怒っているわけではなさそうだが、この圧はなんなのか。

返答よりも先に、追及してくる彼女の態度が気になった。

「……なにが言いたいんですか？　アナタも不謹慎だって主張したいんですか？」

たじろぎながら質問をぶつけると、ようやく彼女がふっと唇を緩めた。

「撮影させてほしい」

「はい？」

「私、ずっと追っかけていたんだよね、長谷川君みたいな衝動を抱えた人」

南鶴は突然訳の分からない言葉を漏らすと、駅の方に足を進めた。妙に軽やかな足取りで呆然としているうちに引き離される。慌てて追いかける。

彼女は歩いたまま、隣に並んだ僕に説明を始めた。

幼馴染がかつて自殺を決行したこと。幸い一命は取り留めたが、植物状態になってしまったこと。遺書などはなかったこと。幼馴染がなにを考えて自死しようとしたのか知りたくなったこと。自殺スポットを撮影し、視聴者に訴えるために投稿していること。

確かに僕も南鶴の行動には、疑問を抱いていた。

なぜ南鶴はあんな廃ビルの前で動画を撮影していたんだろう、と。

「撮影に没頭しすぎていて学校ではとっくに孤立しているけど」

彼女がそう自嘲気味に笑った時、ちょうど駅の前に辿り着く。

駅前には、大きなモニュメントが飾られている。四人の子どもが複雑に絡み合い、一つの円を形成している。平和と愛を願う銅像らしい。そう足元に説明書きがなされている。台座はちょうど腰ほどの高さ。

「私は、否定しない。君の心をもっと覗きたいよ」

南鶴はその台座に腰を下ろし、見上げるように視線を向けてきた。

「ＳＩＮさんの死が彼の意志だと証明されてしまったら、君は本当に――？」

ちょうどバスが通り過ぎ、彼女の言葉は途中、かき消された。

だが、彼女が聞こうとしたことは明白だった。

僕は一度モニュメントに視線を移し、再び、台座に座る南鶴を見つめた。


「――しますよ」


今度は、はっきり口に出せた。

これほどの覚悟を持った彼女ならば重荷を背負わせてもいい、と晴れやかな気持ちで。

答えは、肯定。間違いなくできる。いや、せざるをえない。

僕の魂は彼の元に行くことを強く望んでいるのだから。

南鶴は「その時は取材させてね」と薄く笑った。

「前日。いや、できれば当日がいい。死にゆく君にインタビューをさせてほしい。君がなにを考え、なにに囚《とら》われ、決断に至ったのか。その全てを話してほしい」

彼女は両手でファインダーのジェスチャーを行い、僕を見つめる。

「死にゆく君の心を撮ってみたい」

彼女の指越しに見える、興奮で赤らんだ頰は見惚《みと》れるほどに美しかった。

南鶴の動画は全て視聴している。路地の切れかかったスナックの蛍光灯、溜まった埃《ほこり》と煤《すす》けた街灯、亜麻色の光を閉じ込めたゼリー、紅葉をそのまま映し込んだ生菓子、そして、被写体の先に広がる無限の暗闇。

亡くなった者が見た光景を届けるため、ひたむきに向き合い続けた作品の数々。

僕は一体、どんな風に撮影されるのだろうか。

なぜだか胸が躍っていた。つい口元が緩んでいる。

「実を言えば——ちょうど誰かに撮られたかった気分なんです」

「なにそれ」

「カッコよく撮ってくださいね」

頷いた途端、彼女は「約束するよ」と小指を立てる。

「もちろん、そんな結末にならないことを願っているけどね」

「そうですね。僕たちは、ＳＩＮを殺した犯人を突き止めるんですから」

「でも、約束」

子どもじみた仕草と笑いたくなったが、僕も同様に小指を立てる。小指を交わらせる代わりに小さく振った。なぜか嬉しそうに微笑み返してくる彼女。
僕たちは出会うべくして出会った最高の二人なんじゃないか。そんな気さえしてくる。
繰り返される絶望の中で生まれた出会いにしては、あまりに輝かしい奇跡に思えた。
きっと彼女も同じ感情で満たされている。
そう思えるほどに美しい笑みに、ただ魅了される。
僕にはまだ秘密があることを言い出せないほどに。

3章

長谷川君と調査を始めて以来、カスミの病室に足を運ぶ回数が増えていた。

かつて命を絶とうとし、私に妨害されてしまった幼馴染。今は多くの管で繋がれ、生命を維持するのみだが、彼女の美しい顔のラインは、まるで生前と変わっておらず、いつ起きてもおかしくなさそうだった。

病室の彼女の腕に触れ、私は言葉を投げかける。

「ねぇ、カスミは、どうしてそちら側に行こうとしたの？」

答えを聞く代わりに、彼女の腕から伝わる熱を感じ取ろうとする。けれど、猛暑の中で病院を訪れた私の身体の方が熱く、熱はただ奪われるのみ。

「やっぱり、止めた私を、恨んでいる？」

もう彼女はなにも説明してくれない。

だから、代わりに心を明かしてくれる人を、私は欲した。

今はＳＩＮの死の真相を知りたくて仕方がない。『天使』と称《たた》えられるほどに多くのファンを魅了し、活力に満ちた芸能生活を送っていた彼がなぜ命を絶ったのか。

そして、その過程で知り合った少年にも同じくらい惹かれていた。

――なぜ長谷川君は、死にたがっているのだろうか。

SINと出会って救われたというが、当時も今も、絶望の淵《ふち》にいることは変わりないようだ。SINの事件が自殺だと確定したら、命を絶つ覚悟まで決めている。

決して、それを望んでいるわけではない――けれど、その一方で高揚している。

私が知りたかったものに辿り着けるかもしれない、と。

だから、私はあえて長谷川君になにも尋ねなかった。踏み込むのはまだ早い。まるで、その日を期待していると思われたくもない。

約束した。彼の心に触れられるのは、SINの真相を突き止めてからだと。

◇◇◇

長谷川君と再会したのは、日下部さんから話を聞けた一週間後だった。

「次に調べるべきは、芸能事務所だね」

私のマンションまで来てくれた長谷川君に、私は次のミッションを伝えた。

この間に、進展らしい進展はなかった。強盗が再び現れるという事態もなければ、ファンからの目新しい情報もない。

ならば、私たちは最初に決めた方針に沿って、調査を進めるのみ。

有志のファンが、三つに絞った『ルール』の候補。教会の戒律、芸能事務所の命令、過去の呪縛――その三つを改めて追っていく。

教会に通う日下部さんから一旦話を聞けたので、次の狙いは芸能事務所に定めていた。

「まずはお互いの成果を発表しようか」

「僕は例の動画、自分の方でもっと詳しく調べてみました」

長谷川君がスマホを取り出し、テーブルに置いた。

例の動画とは、無論、私が偶然に撮影していた事件当日のSINだった。路地を進み、携帯の通話相手になにかを怒鳴り、そして『黒シャツ』と出会う姿。

「自分が気になったのは、このSINの電話です。『カタクリ・プロダクション』は、この日、チーフマネージャーが数回、SINと電話した事実を公表している。今後のスケジュールの確認らしいですが」

「うん、私もその記事は見たよ。でも、ちょっと疑わしいんでしょ?」

「はい。ネット上では『スケジュール確認という雑務は、現場マネージャーの仕事で、チーフマネージャーは、より重要な事項に関わる』という指摘もあり。ただ、これはなんとも言えません。芸能事務所の規模や業務形態によって、それぞれらしいので」

長谷川君が調べてくれたようだ。

『カタクリ・プロダクション』には、チーフマネージャーと現場マネージャーという役職があるという。売り出し方や今後の展開など主に中長期的な視点でタレントを管理するのはチーフマネージャー、目前の仕事の調整やタレントの送り迎えなど短期的視点でタレントを管理するのは現場マネージャーらしい。

それに従えば、チーフマネージャーがスケジュール確認の電話をかけたというのは疑わしい。だが、嘘と断言するのはさすがに飛躍があるだろう。

「SINが通話しているのは、そのチーフマネージャーなんじゃないかと動画の元データを探ってみたんです。フリーの編集ソフトのノイズ除去機能を片っ端から試して」

「おぉ、凄い」

「サイレンの音がかなり邪魔でしたが、僅かに声を抽出できました」

長谷川君がスマホをタップすると、音声が再生された。

雑音がかなり混じっており、不鮮明。が、繰り返し流されるたびに、言葉らしい言葉をぼんやりと捉えることができる。その声が聞き取れた時、率直に驚いた。

「――SINの声、『やめてください』って怒鳴っていません?」

深く頷いた。SINは電話先に不服を訴え、スマホを切る。たった一瞬ではあるが、強い不満の感情は伝わってきた。

「この電話相手がチーフマネージャーだったら、やはり芸能事務所と問題を抱えていたのかもしれません。彼がここまで声を荒らげるのは珍しいはず」

「うん。ありがとう。結構大事な手がかりかも」

「成果と言える成果はそのぐらいですけどね」

スマホをポケットにしまい、長谷川君は眉間に皺を寄せた。

「やっぱり南鶴さんが言う通り、正直『ルール』を推理するより、強盗を問いただす方が早そうですね」

「けど、あれっきり現れてくれないね」

長谷川君の反対を押し切って、調布駅周辺をウロウロしてみたが、強盗は二度と現れなかった。日にちを変えて何度か試したが、陰ながら見守る長谷川君が「アナタを危険に晒しているみたいで嫌です」と何度も主張するのでやめることにした。

「ま、大丈夫だよ。ルールを追って核心に迫れば、きっと強盗も黙っていない」

「楽観的ですね。具体的な策でもあるんですか？」

「ふふん。まぁまぁ、落ち着きなさいな」

呆れるように目を細めている長谷川君に、私はつい口元が緩むのを抑えきれなかった。本当はずっと発表したくて仕方がなかったが、精一杯に堪えたのだ。

不思議そうに見つめてくる彼に、私は堂々と答えてみせた。

「私、『カタクリ・プロダクション』のモデルに採用されたから」

「はい？」と信じられないように目を見開く長谷川君。

驚愕する彼を見つめ返しつつ、やはり我慢してよかったな、と満足した。

◇◇◇

強盗に襲われて以降の生活の変化と言えば、長谷川君以外にもある。

生前のSINと毎週教会で会っていたクリスチャン──日下部さんと仲良くなった。

「南鶴さん、そこまでやる……⁉」

調布駅前の喫茶店での会話だった。

アイスコーヒーを飲む私が芸能事務所に行く旨を伝えると、彼女はそんな頓狂な声をあげた。周囲に迷惑がかかりそうなので、口に指を立てて黙らせる。

互いの情報交換がてら、彼女と会うことにしたのだ。

窓際の席で夏の暑さに晒される駅前の人々を横目に、調査方針を説明する。

「モデルと言っても、SNS限定の簡単なファッション特集のモデルだけどね。夏休みの暇を持て余した女子高生集めた企画。無報酬だよ？　このご時世に」

「それでも行動力が凄《すさ》まじいね……合格って凄いなぁ」

「無加工の写真を送るだけの選考。そんな大した話じゃない」

ホームページで募集要項を見つけたので、写真と共に応募しただけだ。『夢への第一歩』『芸能界体験』などとキラキラワードで彩られてはいたが、粗雑な印象がぬぐえない企画。撮影は数時間で終わり、写真はSNS等で発信されるらしい。

ちょうど昨日、採用メールが届いて、具体的な内容が記されていた。

「事務所で契約書に記入する必要があるみたい。保護者の承諾書とかね」

事務所を訪問できることは、元々、問い合わせて確認していた。

撮影の前に、一度契約書などを含めた説明会を行うらしい。おそらくイタズラ目的で募集した者を弾くためだろう。

「やってみる価値はあると思うんだよね。これ、盗撮用のバッジね」

私はカバンから、ネット通販で購入したアイテムを取りだした。ファッション用のバッジに擬態した盗撮カメラ。羽織ってきたジャケットの胸元に留める。

「もし強盗犯が少しでも映っていれば、一気に事件は解決に向かうから」

私のスマホ画面には、胸元のカメラの映像がバッチリ映っている。

これで芸能事務所内の人間を一通り撮影する。後日、長谷川君と一緒に見直して、犯人と思《おぼ》しき人物を見つけることができれば、即解決だ。『強盗の件を警察に通報するぞ』と脅して、SINの事件の真相を聞き出すのだ。

「仮に強盗を特定できなくても、SINと近しい人と接触できれば最高かな」

日下部さんは感心するようにバッジを凝視している。

「ここまでやるのは、わたしが『芸能事務所が怪しい』って言及したから？」

「うん、それが背中を押してくれたのは間違いない」

笑顔で同意しながらも、内心で考えていたのは長谷川君との約束だった。

日下部さんの証言も理由の一部だが、私を急き立《せた》てているのは、より根源的な理由に他ならない。ほんの僅かに勇気を絞るだけで、死にゆく者の心に触れられる。

誤魔化すようにアイスコーヒーのストローを口にくわえると、不思議そうに瞬きをしている日下部さんの顔が視界に入った。

「南鶴さんって、時々恐い目をするよね」

「そうかな？」

「本当に自衛のためだけ？　ＳＩＮ君を追っているのは」

鋭い視線をぶつけられる。教会の前で出会って以来、彼女の立場は一貫している。興味本位でＳＩＮ君の境遇を暴こうとしている者に対する嫌悪。

「やっぱり動機は大事？」

「前も言ったけど、サイテーな連中が山ほど教会に来たからね」

彼女は眉を顰めつつスマホの画面を見せてきた。

「こういう広まり方をしているんだよ、ＳＩＮ君の死は」

彼女が見せてきたのは、SNSの書き込みを記録した、スクリーンショットだった。一枚だけじゃない。スワイプするたびに、新たな投稿主の書き込みが展開されていく。

『SIN実践！　芸能界で広まる、確実に死ねる方法』『飛び降り直前、S○Nは薬を使用していたっぽい。買える薬局は、リンク先にて』『例の若手俳優が使用したとされる、同じ薬もってます。ほしい方はDM』『SINも利用した、スポット紹介サイト』「拡散希望」のハッシュタグが使われた、自殺を奨励するようなコメントの数々。SINが睡眠薬などを使った情報はないはずだが、真実のように語られている。

思わず目を覆いたくなる。さすがに、これは死者への冒瀆《ぼうとく》だ。

「これは、酷いね……」

「でしょ？　シンボルみたいになっているんだよ、自殺のね」

「分かった。正直に言うね。私の幼馴染も首を吊っているんだよ。未遂だけどね」

ハッキリ明かすことにした。一緒にされるのは、あまりに不本意だ。

日下部さんが「え」と声を漏らし、すまなそうに顔を伏せた。

「ごめんね、踏み込んだこと聞いちゃって」

「いいよ。日下部さんが、最初、私たちを警戒していたのも納得した」

彼女は恥ずかしそうに「あの時はごめんね」と舌を出した。

むしろ、悪いのはなにも説明しなかった自分だから何一つ構わない。そう笑いかける。

生前のSINを知る貴重な情報提供者である彼女とは良好な関係を維持したい。

「じゃあ、次にわたしの報告をするね」

なんとか信頼は勝ち得られたらしく、彼女は明るい声音で微笑みかけてきた。

「この前あった日曜礼拝だけどね？　参加者に右手首を怪我《けが》している男性はいなかったよ。結構な人が半袖だったから確認できた」

それは連絡先を交換した日に私が頼んでいたことだった。

決して教会関係者を疑うわけではないが、SINと親しい関係である以上、チェックしておくべきと判断したのだ。強盗ならば、手首に傷を負っているはずだ。

そして、私はもう一つ、日下部さんに頼みごとをしていた。

「小此木牧師の件はどう？　会って話を聞きたいな」

SINの人となりを知っている重要人物だ。彼がなにを願い、教会に通っていたのか、把握しているかもしれない。

日下部さんは「頼んではみたけどね」と苦笑を零した。

「会ってはくれるそうだよ。牧師という立場上、誰も拒絶できないからね。けど『SIN君のことは一切、話せません』って念は押されている。多分、無駄足になると思う」

「そっか。そりゃ信徒の悩みを易々と話せないよね」

口が軽い牧師など誰も信頼しないのだから、むしろ好感が持てる。情報が手に入らないのは中々に痛いところがあるが。

「そして、もう一個。これはわたしが件の動画を見返して発見したんだけど」

日下部さんがテーブルに置いていたスマホを起動させた。

「SIN君の目元、笑顔に見えるんだよね。結構、リラックスしているような」

「え……」

彼女が示したのは、やはり私が偶然撮影した事件当日のSIN。

電話を終えた直後のシーンだ。マスク姿のSINが『黒シャツ』の男と会っている。

その際の顔が、彼女のスマホの画面で拡大されている。

正直マスクをかけているため、私はあまりよく分からない。

だが、毎週彼と会っていたという日下部さんは「これは笑顔だよ」と断言する。

先ほどの長谷川君の報告と合わせて、動画の詳細は次のようになるのかもしれない。
①死亡二時間前、SINが自殺スポットである廃ビルの前に通りかかる。②その際、SINは『やめてください』と電話先（チーフマネージャー？）に訴え、通話を切る。
③通話を切った直後『黒シャツ』と合流し、笑みを見せる。
以上、それが私が偶然撮影していた四秒間の答え。

時系列を頭の中で整理すると、新たな仮説が浮上してくる。

「……この『黒シャツ』は、SINの近しい人？」

「そういうことになるよね」

日下部さんが同意するが、だとしたら大きな疑問が生まれてしまう。

——現状、事件現場の目撃者として名乗り出る者はいない。

唯一、証言があったのは駅前にSINを送り届けたというタクシードライバーのみ。以降はSINの遺体を見つけた通報者以外に、目撃者は現れていない。

SINの知り合いでありながら、決して事件の詳細を語らない『黒シャツ』。

やはり彼が私を襲った強盗なのだろうか。

「……実際SINさんの交友関係はどうだったの？　友人や恋人とかは？」

尋ねると、日下部さんは首を横に振った。

「どっちも聞いたことがないな。子ども食堂では、年下の子たちに慕われていたけどね。クリスマス会にも参加していたよ。友達や恋人がいれば来ないでしょ」

「そうだね。でも、例えば恋愛リアリティー番組とかで……」

「彼、あの番組、全然好きじゃなかったから。聞いてみたけど、恋愛にも興味がなかったみたい。本気で空気に馴染めなかったそうだよ」

それは誰が見ても一目瞭然だったので、聞くまでもなかった。きっと事務所が彼を押し出すために出演させたのだろう。

日下部さんは、微かに目を細めた。

「もちろん、わたしが知らないところで、誰かを想っていることはあるかもね」

溜め息のように零れた声をしっかり受け止めたあとに、尋ねてみる。

「それは、なにか根拠がある話？」

「ただの一般論だよ。ずっと彼を見てきたから、なんとなく感じただけ。一緒に勉強もしてきたけどさ、彼、常に誰かを意識しているようだった。競ってるみたいな」

どこまで参考にすべきか、判断しかねる情報だった。

本人の言う通り、ただの憶測。だが、日下部さんがＳＩＮをかなり近くで観察していたことは想像に難くない。おそらく交友関係には特に敏感だったはずだ。

「やっぱり日下部さんは、ＳＩＮさんのことを？」

「今更、確認してなんになるの？」

日下部さんが呆れるように微笑んだ。

それもそうか、となにも言えなくなった。

亡くなった者について語る時、いつだって心には虚無感だけが募っていく。どれだけ願っても、彼らが直接、答えをくれることはない。

◇◇◇

八月十二日、とうとう決行の日が訪れた。

渋谷駅《しぶやえき》近くにある芸能事務所で、モデル撮影の簡単な説明が行われるらしい。服は前日、長谷川君と相談しながら購入した。モデルとして採用された以上、オシャレではあった方がいいが、バッジは目立たせたくない。話し合いの結果、服装はスミレ色のシャツでシンプルにまとめ、盗撮用のバッジは流行りのロックバンドのバッジと一緒に、ショルダーバッグのベルトに付けることにした。

芸能事務所には、私を襲った強盗がいるかもしれない。

そんな緊張に胸を高鳴らせながら、ビルの手前まで長谷川君に送ってもらった。

「じゃあ、行ってくるね。できるだけウロウロして映像を撮ってくる」

「無理はしないでくださいね。通話状態は切らないように」

別れ際、彼は最後まで不安そうに眉を顰めていた。

さすがに事務所内で暴行されることはないだろうが、警戒するに越したことはない。

芸能事務所『カタクリ・プロダクション』は渋谷駅から十二分ほど歩いた先にある。

ガラス張りの現代的なビルの四階フロア全体が事務所のようだ。昼の一時に訪れるよう、メールで通達されていた。

訪れたのは約束の十分前。

『関係者以外立ち入り禁止』というビジネスビル特有の表記に息を呑みつつ、私は一階の受付に名前を告げ、四階まであがる。

エスカレーターを降りた先には、また受付らしい女性が待機していた。

「モデルに応募した南鶴です。担当の坂口《さかぐち》さんはいらっしゃいますか？」

声をかけつつ、私は事務所のフロアを確認する。

こんなものか、と拍子抜けする狭さだった。せいぜい教室四つ分くらい。事務机も数える程度で、後は大量の資料棚が並んでいて、テレビ番組や舞台のポスターらしきものが散らばっている。華やかな芸能界のイメージとは異なる、雑多な空間だ。

働いているのは、二十人ほど。

他は全員、出払っているらしい。ショルダーバッグのベルトを握りしめ、スタッフを撮影する。半分以上いる女性は、無視でいいだろう。奥のソファでタレントらしき人と雑談している、大柄のワイシャツの男性。暗い表情でパソコンに打ち込みながら、しきりにスマホを確認している男性。スマホで誰かと通話している、赤い眼鏡が特徴的な男性。同じようなポスターを並べ、デザインに不平を垂れている高齢の男性。そして――。

「あぁ、よくきてくれたね。坂口です」

キョロキョロしている内に、中年のスタッフに声をかけられた。夏らしい爽やかな白色のブラウスがよく似合っている女性。今回の担当者だ。

彼女は、そわそわと周囲を観察する私を見て、不思議そうに笑う。

「なにか気になるの？」

「いえ、芸能事務所に来るなんて初めてなので」

「そう、芸能界に興味があるの？　まぁ、そうでなきゃ応募してこないよね」

坂口さんは納得してくれたようで、事務所の奥にあるソファに案内してくれた。

「同日撮影の人と一緒に説明するから。全員集まるまで、少し待っていて」

どうやら、今日呼び出されたのは私だけではないらしい。きっと都合がつく少女をたくさん集めたのだろう。そうでなければ、私が採用されることもなかったのだろうが。

革張りのソファには、既に女性が一人、お茶を飲んでいた。私より少し年上。女子大生かもしれない。髪をほんの少し茶色に染めた、品の良さそうな人。やってきた私に小さく会釈をして、再びお茶を飲む。

私は彼女から視線を外し、冷たいお茶を持ってきてくれた坂口さんに微笑んだ。

「なんか緊張しちゃいますね。もうテレビの世界みたいで」

「事務所にはテレビカメラなんて入らないけどね」

「そうですね。けど、ずっと憧れていたんです。ほら、ＳＩＮさんが推しだったので。

ずっと、この事務所に興味があったんです」

勇み足かもしれないが、思い切って踏み込んでみる。

坂口さんは困ったように眉を顰めた。

「そう……彼のことを応援してくれて嬉しいわ。けど、あんな事件があった直後だからね。ここで話題を出すのはやめてね」

やんわりと釘《くぎ》を刺され、私は「はい……」と素直に同意する。

「SIN君は、スタッフ全員から好かれていたから」

坂口さんはこっそりと伝えてきた。

「事務所に戻ってくるとね、いつも『ただいま』って挨拶するんだよ。どんなスタッフにもね……あの日の前日も、朗らかな笑顔で。正直、今でも信じられないくらい」

坂口さんの声音は優しかったが、どこか悲し気な感情も滲んでいた。

傷つけてしまったのかもしれない。去っていく背中を見つめて、反省する。

だが、手間をかけて潜入している以上、戦果もなしに引き下がるわけにはいかない。

やはり生前のSINに、自殺の兆候は見られなかったと確認できた。私は出されたお茶を飲みつつ、観察を再開した。

私を襲った強盗は見つけられていない。

やはり読みは外れているのだろうか。あるいは、外出中なだけか。仮に見当違いだったとしても、SINのマネージャーと少しでも話すことができれば御の字だが――。

「キミ、やりすぎ」

ふと冷ややかな声が飛んできた。

振り返る。

私の隣のソファでお茶を飲んでいた女性が顔をしかめ、蔑みのような視線を送ってきていた。最初の品の良さそうな印象とはかけ離れた、威圧的な声。

「そのバッジで隠し撮りしているでしょ？」

「はい？」

「バレバレだよ。盗撮は立派な犯罪っていうの、理解してる？」

射抜くような眼差しを向けられ、全身の血が凍りついた。

たった数分でバレるなんて思いもしなかった。

幸い周囲に芸能事務所のスタッフは一人もいない。けれど、この女性が声を張り上げるだけで、私は終わりだ。事前に誤魔化しは考えていたのに、彼女に睨まれると、それが一切通じない言葉遊びのようにしか思えなかった。

どうすればいいのか。どう弁解すれば見逃してもらえるのか。

「あんな派遣のオバサンなら騙《だま》せるけど、他のスタッフなら絶対に気づくよ？　なに？　どういうお遊び？　キミの行為は、冗談で済ませられ――」

吐責される声音が続いた時、ポケットのスマホが震えた。

縋《すが》るような心地で画面を見た時、すぐさま立ち上がっていた。

——『逃げろ』

長谷川君からの的確な指示に、私は「すみませんでした」と女性に告げ、事務所から駆け出していった。坂口さん含め、多くのスタッフに驚愕の目で見られたが、取り繕っている暇はない。

フロアを走っていくと、ちょうど目の前でエレベーターが開いた。

もはや神からの救いに感じられる。エレベーターから降りてくる男性は、腕時計から視線を上げ、駆けてくる私を見てぎょっとしたようにたじろいだ。彼の横を駆け抜け、エレベーターの扉の間に身体を捻じ込んだ。

エレベーター内で『1』のボタンを連打し、動き出してくれることを願った。このまま事務所から逃げ、バッジを長谷川君に渡して廃棄してもらえれば、難は逃れられる。

ゆっくり閉まっていくエレベーターの扉に苛立つ。途轍もなく長く感じられる時間。

だが私の期待とは裏腹に、目の前の扉は再び開いていった。

立っていたのは、私の盗撮を指摘した茶髪の女性だった。彼女は逃げた私を追いかけ、エレベーターの中に飛び込んできた。

終わった、と慄《おのの》く私に彼女は「ごめんごめん」と手を振った。

「少し脅かしすぎちゃった。逃げなくていいよ」

彼女はエレベーターの中に入ると『閉』のボタンを押した。すぐに扉は閉まって、私たち二人だけの空間ができあがる。

「はい？」

全く状況が理解できない涙目の私に、彼女は優しく肩を叩いてきた。

「同業者として指摘しただけ。恐がらせるつもりはないよ」

◇◇◇

茶髪の女性は『レイナ』と名を明かしてくれた。偽名らしい。

一階まで降りてきた私たちだったが、彼女に促され、再び芸能事務所の四階に戻っていった。バッジは外すよう指示された。啞然《あぜん》としていた坂口さんには、レイナさんがうまく誤魔化してくれた。全部聞き取れなかったが『元カレの今カノ』『偶然の修羅場』という単語が聞こえた。坂口さんは、深く立ち入るべきではないと察したのか「南鶴さん、大丈夫？」と労《いたわ》る言葉をかけただけで、それ以上追及してこなかった。

モデルの説明は恙《つつが》なく終わったが、ほとんど耳に入ってこなかった。

気になったのは『同業者』と名乗った、レイナさんの正体だ。

「盗撮とか敏感な業界だから、あんな目立つバッジつけちゃダメだよ」

芸能事務所の一階に降りたところで、再び彼女から強い言葉をかけられた。

「誰に雇われたのかは知らないけど、罪を負うのはアンタだからね？　闇バイトならやめな。まさか雇い主に個人情報を渡してないよね？」

「えぇと……？」

「絶対ロクでもない奴だよ。金が必要なら相談にのるからね。ね？」

矢継ぎ早に繰り出された言葉で、私はレイナさんの意図を察した。

――純粋に心配してくれているらしい。

もし彼女が指摘してくれなかったら、私はスタッフに盗撮を見抜かれて大問題になっていただろう。その未来を察し、私は羞恥心で顔が熱くなっていた。

しつこく闇バイトの危険性を説いてくれるレイナさん。

それを否定する前に、私は彼女の素性が気になった。

「レイナさんは誰かに雇われているんですか？」

「まぁね。今さ、色んな記者があの事務所を張っているから。もう事件から日が経つのに、めちゃくちゃニュースバリューが高いんだよね」

なるほどと納得していた。

事件は言うまでもなくＳＩＮの件だろう。彼に纏《まつ》わる噂は、いまだ週刊誌やＳＮＳを賑わせ、ニュースランキングのトップを飾る。そして、私が考えた芸能事務所の潜入方法など、プロが思いついていないはずがない。

中には、レイナさんのような女性を雇い、潜り込ませている人もいるのだろう。

「南鶴さん」

芸能事務所の前で立っていると、長谷川君が心配そうに駆け寄ってきた。

レイナさんは「コイツが雇い主?」と睨みつけている。

私は慌てて「事情があるんです」と彼を庇《かば》うように、腕を伸ばした。

不思議そうに瞬きするレイナさん。

私は改めて彼女を観察する。芸能事務所の潜入は散々な失敗に終わったが、縁は大事にしたい。少なくとも彼女は悪い人ではなさそうだ。

「レイナさんの雇い主に会わせてくれませんか? いい動画があるんです」

私はスマホを取りだし、例の動画を再生した。

動画の内容は、もはや説明するまでもない。

自死直前のＳＩＮの姿。事件を知る者誰もが興味を引く、私の切り札だった。

レイナさんが招待してくれたのは、一時保育室だった。

渋谷のビル群の狭間《はざま》に建っている、小さな雑居ビルの四階だ。『認可外』と大きな看板で表示がある。近くまで来た時、子どもの笑い声が聞こえてきた。

なんでこんな場所にと訝しがっていると、レイナさんが「彼の事務所はすぐ近くだから」と説明してくれた。「シングルファザーなの」

保育室の隣には、小さな部屋があった。自身の子どもを預けた隣で働いているらしい。廊下側にも窓があるが、黒いカーテンで隠されている。看板もないので、そこがなんのための部屋なのかさえ分からない。

レイナさんがノックをすると中から「あぁ」と返事にしては短い言葉が戻ってきた。

狭い部屋には、黒い三人掛けのソファが向かい合わせに置かれていた。

ソファの中央には、長髪を編み込んでいる男性が腰を下ろしていた。パソコンを操作している。傍らにはコーラとサラミがあった。病気を疑うほどに肌は白いのに、顎の髭《ひげ》は濃くて、なんだか奇妙に感じられた。歳《とし》は三十代半ばだろうか。

とてもじゃないが、子持ちの雰囲気には見えない。

「レイナに拾ってもらえてよかったな、盗撮カップル」

彼はソファに腰を下ろしたまま、不愛想に手をあげた。

「『マスカルポーネ』だ。愚民の溜飲を下げるゴミ溜め清掃員、暴露系動画配信者だ」

私は驚愕しつつ、反射的に長谷川君を見つめた。

彼は「僕も知ってる」と短く肯定した。

事件を追う中で、何度も目にした動画配信者だ。登録者数は百万人超。芸能人の不倫や傷害事件、ネットの有名人の痴話喧嘩《ちわげんか》。とにかく話題になりそうなネタを手広く扱っている。無論、ＳＩＮの件も幾度となく取り上げていた。

マスカルポーネと名乗った男はそれ以上の挨拶もなく、手を差し伸ばしてきた。

「素敵な動画とやらを見せてくれ」

とにかく話が早い。

抵抗はあったが、私はスマホを差し出した。

レイナさんは私たちに彼の正面に座るよう促し、事務所の隅の冷蔵庫からジュースを持ってきてくれた。冷えたジンジャーエールのペットボトルがテーブルに置かれる。

マスカルポーネさんは「これは凄いな」と顎を撫で、笑みを零した。

「いくら欲しい？　二十万で買うよ」

「いや、売る気はないんです」

「じゃあ、なんの用だ？　わざわざ時間を作ってやったんだぞ」

不服そうに眉を顰めるマスカルポーネさん。

このままスマホを奪われやしないか、と警戒したが、しっかり返してくれる。胸を撫で下ろした。レイナさん同様、悪い人ではないのかもしれない。

「南鶴さん、経緯は言わない方がいいですよ」

長谷川君が釘を刺すように囁《ささや》いてくる。あっさり人を信じそうになった私を不安に思ったのかもしれない。

「下手に話して、勝手に取り上げられても困ります」

「そんな真似《まね》しねぇよ。情報提供者を守れなきゃ、このジャンルはやっていけない」

長谷川君の小声を、マスカルポーネさんはしっかり聞き取ったらしい。テーブルに肘をつき、苛立たし気な声をぶつけてくる。

「こっちはビジネスなんだ。信頼できねぇなら――」

言葉が不自然に止まった。

彼の視線はまっすぐ長谷川君に注がれている。編み込まれた長髪の隙間から見える、黒々とした双眸は微動だにしない。

長谷川君は気味悪そうに顔をしかめた。

「なんです？」

「……いや、男性ファンが珍しいと思っただけだ。とにかく悪いようにはしねぇよと、お前の彼女に伝えてくれ」

「彼女ではありません。他言無用を約束できますか？」

「いちいちうるせぇな。レイナがいなけりゃ、お前ら補導されてんだぞ？」

レイナさんは隣で呆れるように肩を竦《すく》めている。余計な口出しはしてこない。

結局、マスカルポーネさんを信頼していいのか判断に困ってしまった。事実、彼の動画は、SINの自死を弄ぶような語りが多い。態度も横柄だ。だが、レイナさんには恩がある。そのレイナさんが引き合わせたという点はプラスに考慮していいかもしれない。

「この動画を公開した直後、強盗の被害に遭ったんです」

私は、事件を調べるに至った経緯を簡単に説明した。

途中何度かレイナさんは「それは大変だったね」と相槌を打ってくれた。マスカルポーネさんは無言のまま聞き、説明が終わったところでようやく口を開いた。

「芸能事務所のスタッフなら、契約社員やアルバイト含めて粗方、撮影は終えている。一部の撮り損ねと事務所内部の写真が欲しくて、レイナに今日潜入させていた」

意外な事実に面喰《めんく》らった。

マスカルポーネさんは当然と言わんばかりに言葉を続ける。

「強盗は、二十代から三十代の若い男だな？　これらは先月撮った写真だ」

彼はテーブルのパソコン画面を私たちの方に向け、三人の男の画像を並べた。どれも事務所の前に張り込んで盗撮されたであろう写真。なにやら急いで走っている太り気味の男と、小奇麗な女性と和やかに会話を弾ませている細身の男性、そして、電車のつり革に気だるげに右手首を引っかけながら左手でスマホを弄《いじ》っている男性。

最後の男の画像には『現場マネージャー・門脇《かどわき》』というキャプションがあって、あ、と呟いた。

「この人、見かけました。エレベーターですれ違ったかも」

「強盗か？」

「いや、この写真だけじゃなんとも。すれ違った時は、とにかく逃げることに必死で……映像も映っているかどうか……」

すぐにバッジからスマホに転送されている動画を確認する。

が、ブレも激しくて身体しか映っていなかった。失敗ばかりの潜入に自分でも哀しくなってくる。肩を落とすと、レイナさんに慰められた。

マスカルポーネさんは「じゃあ、なんも分からねぇな」と意地悪く口元を歪《ゆが》めた。

「動画も犯罪の話も面白かったよ。気が変わったら動画を取り上げさせてくれ。強盗の件も話していいなら、さっき提示した倍額を出す。レイナ、駅まで送ってやれ」

マスカルポーネさんは、もう一度私にスマホを出させ、連絡先を交換した。

無駄な会話は一切挟まない。まだ部屋に入ってから十分も経っていない。

だが、私はまだ部屋を去るわけにはいかなかった。

「マスカルポーネさんは、事件の真相をどう見立てていますか？」

ソファに腰を据え、質問をぶつける。

「芸能事務所に注目していたんですよね？　ＳＩＮは事務所からの圧力で殺されたと考えているんですか？」

彼の元には、私とは比べものにならないほどの情報が集まっているはずだ。

せめてそれを聞き出しておきたい。長谷川君も同様の思いらしく、微動だにせず座り込んでいる。

マスカルポーネさんは私たちを順番に見つめ、面倒くさそうに髪をかきあげる。

「『カタクリ・プロダクション』がＳＩＮに過剰な労働を強いていた事実は確認できない。関係者からは、ＳＩＮが自主的に働いていたっつぅ証言だけだな」

「そうですか。じゃあ、何がＳＩＮを殺したとお考えですか？」

「興味ねぇよ。そんなどうでもいいこと」

「は？」

思わず声を漏らしてしまう。

マスカルポーネさんは鼻を鳴らし、手元に置かれたグラスに口をつけた。

「あのなぁ、どんな事情があったにせよ、最終的にＳＩＮを殺したのはＳＩＮ自身だ。自殺の動機なんて、どうせしょーもねぇ。オレは一児のパパとして、金稼ぎのネタにはするけどな」

あまりに乱暴な言葉に、顔がカッと熱くなった。

「しょーもないって――」

声が大きくなっていた。

「SINは誰かに脅されていたかもしれないのに――!」

「だとしても、最終的に死を選んだのはSIN自身だろ」

マスカルポーネさんが顔の周囲を手で払う素振りをする。

「自殺学の祖、エドウィン=シュナイドマンは、自殺者の特徴を『10の共通点』としてまとめた。クッソほど単純に説明すれば、自殺の本質とは問題解決。人間は耐え難い痛みを受けると、脳の働きが鈍り、視野狭窄《きょうさく》状態に陥る。仮に対処方法があっても、それさえ選べなくなる。例えば退職や退学なんていう逃避は、一時の気休めになっても別の不安に見舞われるからな。生きたさは抱えれど、それ以上の絶望が上回る」

彼の声には確信めいた感情が宿っていた。

「結果、最も単純かつ面倒のない、逃避しか選べなくなる――それが自死だ」

「まるで」私は辛うじて声を出した。「本人が悪いみたいな言い方ですね」

「追い込んだ社会にも責任はある。それは認めるが、究極、自殺の原因は本人の脳にしかない。突き詰めても、シュナイドマンが触れたような結論に落ち着くだけだ」

マスカルポーネさんが、サラミの脂で唇を光らせながら薄く笑った。

「SINの言葉を借りれば――自殺者は狭いルールに囚われるんだ」

嘲笑するようなニュアンスで、ＳＩＮの遺言が引用された。

『ルールの下で死んでいく』――彼が言い残したメッセージを、こんな軽々しく扱う者がいるとは思わなかった。彼の表情は紛れもなく自殺者を侮蔑している。

眠る幼馴染の姿を思い出して、悔しくなって拳を握る。

マスカルポーネさんは再びグラスに口をつけ、コーラを飲んだ。

「どうせ他者の心なんて分からん。俺自身、ＳＩＮが自殺するタイプには思えねぇが、警察が捜査した以上、自ら飛び降りた真実は変わんねぇはずだろ」

「だからって『しょーもねぇ』だなんて吐き捨てられていいはずがない」

「当の本人が自分で殺しちまうような人間を、なぜ他人が尊重しなきゃいけない？」

もはや侮蔑を隠さない、セリフ。怒りのあまりに身体の芯が冷たくなる。

人の苦しみさえも金儲《かねもう》けのネタに変える男。

気づけば、言葉を発する気力さえ失っていた。コミュニケーションが成り立つ相手ではない。根本的な価値観が私と彼ではズレている。

私がなにも言わないことに満足したのか、マスカルポーネさんは鼻で笑う。

「ウェルテル効果――アイツのせいで、どれだけの後追い自殺者が生まれた？　こんな奴を『可哀想《かわいそう》な被害者』のように取り上げるから、次の悲劇が生まれるんだよ」

テーブルに置かれたサラミをもう一枚手に取り、心底つまらなそうに吐き捨てる。

「なにが『天使』だ。俺に言わせれば、SINの正体は――『死神』だ」

最後まで聞く価値があるとは思えず、私は途中で席を立っていた。長谷川君も同じタイミングで立ち上がり、すぐにあとに続いてくれる。

もうこの男とは一秒たりとも、同じ空気を吸っていたくなかった。

◇◇◇

SINの正体は『死神』――そう告げられた時、日下部さんの言葉を思い出した。

見せてくれた、SNSの書き込み。彼をまるで自殺の先達者かのように扱い、同じ行為を扇動する内容。かつて長谷川君に対して『SIN君は自殺者のシンボルじゃない!!』と訴えた彼女の切実な表情も忘れられない。

だが、その一方で厳然たる現実から目を逸らすこともできなかった。

――SINは、無数の死を生み出した。

ウェルテル効果は実在する。元々は、新聞記事の一面に「自殺」と記された時期と、その地域で発生した自殺の発生数に相関がみられたというアメリカの研究らしい。他にもテレビの取り上げ方など、メディアの影響力を調べた論文などで証明されている。

SINの件と、その後に発生した自殺件数増加の因果関係は否定しきれない。

最近の自殺者は、ＳＮＳやブログで遺言を公開することもある。『ＳＩＮ君に勇気がもらえた気がした』と投稿して以降、書き込みが途絶えた女子中学生のアカウント。ダムに身投げして亡くなった男性が直前『ＳＩＮでさえ生きていけない世界に意味はあるのか』という音声をＳＮＳにアップして話題になった。遺言の投稿は哀しいほどにＳＮＳでバズりやすい。

ＳＩＮの決断は波紋を広げ、新たな悲劇を生みだし続けている。

だからこそ、私は事件を追っているのかもしれない。

『ＳＩＮは自ら亡くなったのではなく、殺されたのだ』という真実にたどり着きたくて。

そんな事実に今更になって気づき始めていた。

真相が自殺ならば、彼の心を覗きたい。だが真相が殺人ならば、その事実を広めたい。

マスカルポーネさんは、それを私に悟らせた。

けれど、彼が長谷川君にもたらした影響は、そんなものとは比にならなかったらしい。

◇◇◇

レイナさんは「駅まで送っていくよ」と何度も声をかけてくれたが、誘いを受ける気にはなれなかった。固辞すると、彼女はすまなそうにビルの前で見送ってくれた。なんでこんな優しい大人が、あの暴露系配信者に雇われているのか理解できない。

まっすぐ渋谷駅に向かう気にはなれない。私たちは無言で歩き続けた。渋谷マークシティの横を抜け、高層ビルから遠ざかるように西へ西へと進んでいく。

私たちがマスカルポーネさんの事務所にいる間、雨が降ったようだ。夕立か。濡《ぬ》れたアスファルトの地面が、街灯の光を反射して煌めいている。蒸し暑さはなかった。八月の夜にしては、涼しい風が流れている。幾分かの湿気を含ませた、纏わりつくような風。外食チェーンやドラッグストアの看板で埋め尽くされた道を、静かに歩いていく。

「気にしなくていいからね、長谷川君。アイツの言っていること、無茶苦茶だから」

ようやく、そんな言葉を零せた。

「私も、相容《あいい》れないから」

自分で言葉にしながら、それ以上の表現はないな、と納得する。

直前に出会っていた人物がいるという可能性が示唆された以上、これは単純な自殺とは異なるはずだ。脅迫されたのかもしれない。けれど、マスカルポーネさんはただの自殺と完全に割り切り、その動機も『しょーもねぇ』と吐き捨てている。

死にゆく者の心を見てみたい——そんな衝動に生きる私とは真逆。

ＳＩＮの心など興味なく、徹頭徹尾、金儲けのコンテンツと捉えている。

成果を挙げるとすれば『芸能事務所がＳＩＮに過剰な労働は強いていない』という情報が手に入ったことか。ＳＩＮが言及した『ルール』は、芸能事務所には存在しない。

だが達成感以上の負の感情が、身体に渦巻いている。

憤りながら歩いていると、返答がないのが気になった。

「長谷川君……？」

振り返り、少し遅れて歩いている長谷川君を見る。

彼は俯きながら歩いており、その表情は長い前髪に遮られて見えなかった。

「……………………今は、話しかけないで」

そんな言葉が届いた。

あまりに覇気がなく、吹いてくる風にも負けそうな声だった。

よほど傷ついているらしい。

仕方のないことだろう。ＳＩＮのファンでない私でさえ、ここまで感情を揺さぶられたのだ。彼の心はもっと昂《たかぶ》っているのかもしれない。

「大丈夫？　どこか喫茶店にでも――」

「だから話しかけないでっ」

足を止める私の横を、長谷川君は首を横に振りながら通り過ぎた。唇を嚙《か》み締《し》め、痛みを堪えるように自身の胸を強く握りしめている。

「今は、そんな余裕が、ない……取り繕える余裕が……」

先を急ぐように歩く彼から、焦燥の声が聞こえてくる。

取り繕う、という言葉が気になったが、長谷川君はなおも喋《しゃべ》り続けている。

「死神、なんかじゃないんだよ……！　本当になにを、言っているんだ……！」

声は強く震えている。

これまでの長谷川君とは全く異なる、声に籠った熱。

――狼狽《ろうばい》している？

かつて強盗を前にしても、一切恐れずに対応した少年とは思えない。

ただ、ＳＩＮを侮辱されたから怒っているとも感じられなかった。彼の背中から放たれているのは、彼の尊厳全てを踏みにじられたような激高だった。

なにかおかしい。

嫌な予感を抱きながらも、まずは先を急ぎすぎている彼を止めねばならなかった。

「長谷川君。まずは落ち着こう」

前を行く彼の背中に手を伸ばしながら言う。

「大丈夫、真実を見つければ、きっと世間の評価は覆る。私たちが『殺人』だって証明すればいい。そうすれば『死神』なんて言う人もいなくなって――」

「――だからＳＩＮはっ‼　アイツはっ‼　死神じゃないんだよ……っ‼」

彼が叩きつけるように発した言葉で、伸ばした手は停止する。

そこで失言に気づいたように、長谷川君は足を止め、私の方に振り返った。

大通りがぶつかり合う交差点の前だ。仕事や部活帰りの人たちで埋め尽くされている。

信号待ちの間に彼らが弄っているスマホの一つから音が漏れている。スマホゲームの爆発音。やかましい風俗紹介のアドトラックがすぐそばを横切る。夜の疲れた人たちの目に留まるよう、街の広告は警告色を纏う毒虫みたいな色味の光を放っている。

私の目元をなにかが掠めた。雨だと気づいた瞬間、信号待ちの人たちが青に切り替わった横断歩道を足早に走っていく。また降り出してしまったようだ。

長谷川君の瞳は、街の喧騒よりも鮮烈だった。

広告も人も雨も車も全てが気にならないほどに、視線が真《ま》っ直《す》ぐ向けられている。気まずそうに、それでいて焦ったように、目が見開かれて。

「アイツは……？」

躊躇いはあれど、追及せざるをえなかった。

とてもじゃないが、ファンが推しに使う表現ではなかった。

マスカルポーネさんの嘲笑に揺さぶられた、彼の本心。

もしかしたら、思わぬ真実に私は行き着いてしまったのかもしれない。

「…………」

長谷川君は無言だった。肩にも雨粒が落ちている。

「…………」

肩に落ちた雨粒が、彼の服に浸透していく。

マスカルポーネさんの発言に憤った私の何十倍も、何百倍も上回るような憤怒を見せた長谷川君の態度は、私を瞬時に冷静にさせた。

「長谷川君」

働いた理性が導いた答えに、私自身の身体が震えていた。

「もしかして君は——SINの過去を知っているの?」

有り得なくはない。どころか、彼の執着を考慮すれば腑に落ちる。

死後にSINの初出演作品を観て、死因を追っている——そんな人もいるだろう、と納得していたが、彼の並々ならぬ熱量に一切の疑念を持たなかったわけではない。それよりも元々、デビュー前のSINと交流があるという真実の方が受け入れやすい。

——『出演作を知り合いに見られるのを恥ずかしがるから』

日下部さんはそう語っていた。彼女はそれでも作品を鑑賞していたようだが、知り合いの中には、律儀に全く観ない人間がいてもおかしくはない。

「…………ごめん」

やがて掠れるような呟きが聞こえてきた。

どういう意図の謝罪なのか分からず戸惑っていると、彼は踵《きびす》を返《かえ》した。

「今日は、一人で帰ってくれないかな？　強盗は、うん、きっと、もう大丈夫だから」

「え？」

「今は、誰とも話せそうにない」

長谷川君は雨で濡れていく自身の顔を押さえている。雨音にかき消されるような、か細い声には、悲痛な感情が籠っていた。

突如彼は背を向け、雨の中走り始める。

「長谷川君っ⁉」

呼びかけるが、引き止める猶予はなかった。

ちょうど大通りの歩行者用信号が点滅した瞬間だ。彼の背中はクラクションを鳴らしたトラックに遮られ、やがて見えなくなっていった。

私は彼が告げた言葉を何度も反芻《はんすう》しながら、雨から逃れるため、建物のそばに移動した。一階にコンビニがある雑居ビルだ。コンビニのショーウィンドウに張りつくように立ち、庇《ひさし》で雨を凌《しの》ぐ。早足で通り過ぎていく人々が、瞬く間にできあがっていく水たまりを踏んでいき、小さな飛沫《しぶき》が私のスニーカーを汚していく。

目を閉じて、長谷川君の訴えを時間をかけ、咀嚼《そしゃく》する。

雨音を聞きながら過ぎゆく時間に身を任せていた時、スマホにメッセージが届いた。

レイナさんからだった。
《——一人でさっきの事務所まで戻ってきてくれる？　彼が呼んでいる》
私はしばらく返信できず、コンビニの前に立ち尽くしていた。

◇◇◇

マスカルポーネさんの誘いは正直断りたかったが、レイナさんから『直接、話したいことがあるんだって』『タクシー代は彼が持つよ。送り迎え両方』と何度も頼まれ、再び彼の事務所に向かう。ボディガードがいなくなった以上、タクシーで帰れるという提案は魅力的だった。

建物の前でレイナさんが待っていて、再び事務所まで案内してくれた。

マスカルポーネさんは嫌いだが、レイナさんは別だ。

マスカルポーネさんは先ほどと変わらない位置で、パソコンを操作している。こちらに視線を寄越すことなく「呼び戻して悪かったな」と呟く。

「なんですか？」

ついトゲのある声で尋ねてしまった。

「こっちは用がないです。さっきの発言で、アナタという人間に失望しました」

「アレは挑発だ。長谷川翔の本心を引き出すための」

「はぁ？」

「伝えたことは本音だが、あんな露悪的な物言いをしない程度の品性はある。俺の前じゃギリギリ堪えられてしまったがな」

結局本音じゃないか、と言いたくなったが、それ以上の悔しさに口を噤む。彼の狙い通り、長谷川君の心は揺さぶられていたからだ。

マスカルポーネさんは居丈高に、私の方に強い視線を寄越してきた。

「SINの過去について教えてやる」

思わぬ言葉に、ハッとしてレイナさんを見つめてしまう。突然の心変わりに気味悪さが上回った。彼女は「まずは席に着いたら？」とソファに座るよう促してきた。

マスカルポーネさんは、パソコンを操作しながら語り始める。

「『カタクリ・プロダクション』と反社との噂は知っているな？」

「ネットの書き込み程度なら」と首肯する。

散々語られている黒い噂、そして、日下部さんの知り合いの証言が過った。

「やっぱり今も繋がっているんですよね？」

「世間はそう捻《ひね》くれた目で見るが、俺の知る限り、かなりクリーンになったよ。代表取締役《だいひょうとりしまりやく》が代わって、タレントの交友関係を徹底的に管理し始めた」

「そうなんですか……」

「だが、やはり完全に切り離せたわけでもないらしい」

そう彼は説明しながら、パソコンの画面を向けてきた。

並んでいるのは、大量の免許証や学生証。十代や二十代の男性が中心で、一部、女性も交じっている。映りは悪いが、名前や住所は明記されていた。

「これは……？」

「四年前に逮捕された、とある半グレグループの使い走りどもだ。闇バイトの指示役ってのは実行役を雇う時、保険として身分証を提出させるんだ。出し・受け・タタキ、一度でも犯罪に加担してしまえば、個人情報を盾に、逮捕されるまで使い潰される」

「なんで、こんなものを……？」

「SINの過去は知っての通り、一切公表されていない。こんなの疑ってくれ、と言っているみたいなものだからな。知り合いに頼んで、片っ端からリストを集めた」

マスカルポーネさんは得意気に笑って、一つの学生証の顔を拡大する。

『橘《たちばな》　龍之介《りゅうのすけ》』──そんな男子中学生の顔つきは見覚えがあった。

「現実は非情だな。純粋な人間が善人とは限らないんだから」

マスカルポーネさんはにやりと口の端を歪めた。

「純真無垢の若手俳優『SIN』──奴の正体は、元半グレだ」

「え…………」と口から呻き声が零れる。

見間違いなんじゃないか、と勘繰りながら、パソコンの画面に顔を近づける。

だが、そこに映っているのは、やや幼いがSINの顔と同一だった。薄く微笑まれた目元。その眩しい笑みは、スクリーン越しに観衆の心を掴む純朴な笑顔そのもの。

身分証には、十三歳という表記。四年前という情報が正しければ、この身分証が作られた一年後に逮捕されたのか。誕生日は一致している。

「まだ中学生なのに……SIN、いや橘君は半グレに？」

「より正確な表現なら『半グレの使い走り』だがな。強盗の実行役。まぁ、元々定義なんてない言葉だ。広義の意味では『半グレ』と言って差し支えないだろう」

目の前で明らかになった真実に、眩暈《めまい》がしそうになる。

「……『ゴルゴダの丘基督教会』」

彼が通っていたという教会の情報は、日下部さんから聞いている。

「牧師の小此木先生は元非行少年も積極的に受け入れている、と教会に通う信徒から聞きました。地域の矯正教育にも携わっているそうです」

「なるほどな。間違いなく、その小此木とやらが引受人なんだろう」

「……そうか。だから彼は、教会でも本名を名乗っていなかったんだ。過去の行為が明らかになる可能性を危惧して、デビュー前から偽名を名乗っていた」

「そうだろうな。だが、俺が見せたかった本命はそっちじゃない」

マスカルポーネさんはパソコンの画面を指で弾き、画面をスクロールさせている。

ＳＩＮの件だけでも十分な情報だったが、まだあるらしい。

身構えるが、そんな覚悟はまるで無意味だった。やがて画面に飛び込んできたのは、先ほどの衝撃を上回る情報。心臓が飛び跳ねる感覚。

平衡感覚が奪い取られていくような驚愕に、パソコンを両手で掴み上げていた。

『橘龍之介』──その学生証のすぐ下にいたのは、紛れもなく知人。

「あの長谷川翔というガキ──奴もまたＳＩＮと同じグループにいた、半グレだ」

並ぶ半グレグループの身分証の中に『長谷川翔』の名が並んでいる。

「ＳＩＮを謗《そし》った時の反応を見て、確信したよ」マスカルポーネさんは得意気に唇の端を曲げている。「アイツが真実の鍵だ。ＳＩＮとは、ただの犯罪仲間以上の絆《きずな》がある」

その時、初めて理解した。

──長谷川君がなぜ死にたさを抱えていたのか。

これ以上ないくらいの答えだ。

やはり彼はデビュー前のＳＩＮを知っている。どころか、かなり深い関係だった。長谷川翔の証明に使われているのは、折れ目も傷もない、真新しい学生証。中学生に上がったばかりの十二歳。

十二歳と十三歳の少年が、共に犯罪にはしらねばならない境遇とはなんなのか。私では考えつかないほどの関係が結ばれていたことは想像に難くない。強盗に物怖《ものお》じしなかった長谷川君はどんな苦しみを抱えながら人生を歩んできたのか。

橘龍之介はそんな過酷な人生を分かち合った、親友なのかもしれない。

けれど長谷川翔は、ＳＩＮ——橘龍之介を喪《うしな》い、激しい絶望に襲われている。

4章

初めて橘龍之介と出会った時、彼は空から降ってきた。

それこそ天使のように美しく。あるいは、残忍な強盗として。


初めて死にたさを抱いたのは、十二歳の夏だった。

母親が再婚を事後報告してきたのは、僕が十歳の頃。とにかく上機嫌な母親を見て、なんだか嬉しくなったことを覚えている。もう彼女に叩かれることはない、と期待したから。寒空の下、ボロアパートのベランダに追い出されることはない、と安堵したから。

なにより大量の酒缶に顔を埋めながら、泣く母親を見なくて済むから。

義父が暮らしていた一軒家は、当時の僕には眩しいほどの豪邸に見えた。洗濯機は廊下ではなく室内に置け、浴室でも寝室でもない収納部屋がある。経営者らしい義父は温かく僕らを招き入れ、僕だけの寝室を与えてくれた。

義父が僕たちを誇るようになったのは、半年が過ぎた頃だ。

母の不妊が理由らしい。前妻は不妊症のため離婚したようだ。経産婦に目をつけたのに外れだった、と義父は何度も母親を罵り、やがて憎悪の対象は僕にも拡大した。酔った時は必ず罵倒の言葉をかけられ、腹いせに殴られる。与えられた寝室に逃げ込むようになった僕のことが気に喰わず、自室は瞬く間に取り上げられた。

それでも母親が庇ってくれたなら、僕はまだ生きられたかもしれない。しかし彼女は、義父以上の罵倒と暴力で僕を責め立ててきた。不妊の原因は僕の出産だと決めつけた。小学校で使っていた、プラスチックの三十センチ定規が折檻《せっかん》の道具。上半身を裸にさせられ、大きくしならせた定規で、痣《あざ》ができるほどの威力で叩かれる。まるで鞭《むち》だ。激痛に泣き叫んでも、昔のボロアパートと違い、僕の悲鳴を聞きつけて通報してくれる隣人はいない。

家族生活よりも夫婦生活が優先された家庭に、僕の居場所はどこにもなかった。夜の間は、浴室で過ごすよう命じられた。使用されたばかりの濡れた浴槽に膝を抱えて座る。聞こえてくる夫婦の声に耳を塞いでも、ひりひりと背中が痛むせいで眠れない。

ここではない世界に辿り着きたい。

学校という逃げ場さえなくした十二歳の夏休みの夜。暗闇に近い浴室に蹲《うずくま》り、母親から盗んだスマホに触れる。湧き起こる感情の答えを知りたくて、検索を繰り返す。

窓を開けていたのは、習慣だった。

浴室にエアコンがあるはずもなく、換気扇の使用も認められなかった。外気を入れるには窓を開けるしかない。蒸し暑い夏の熱気を振り払うには不十分だが、気まぐれに風は入る。

橘龍之介は、気づけば窓枠に立っていた。

「まずいな。人がいたんだ」

届いてきたのは、軽やかでご機嫌な声。

決して大きくない窓枠に足をかけ、僕より背の高い少年が立っていた。マスクの下からでも分かる、目鼻立ちが整った顔。肌は透けるように白くて、もはや不気味なくらいだ。異国の血でも混じっているのか、瞳は微かに茶色い。

浴室は二階。まるで空から降ってきたように現れた少年。

サンタや悪魔を信じるような年齢でもなかった。

「静かに」僕が悲鳴をあげる前に、彼は浴槽を飛び越えるように洗い場に降り、僕の口を手で覆った。「声をあげないで。入居者は全員、縛るように言われているから」

突然近づかれ、手にしていたスマホを取り落とす。

彼が握りしめるバールが、スマホのバックライトを鈍く反射していた。

「玄関の扉を開けて、仲間を入れるから。君は、このまま浴室にでも隠れてなよ。恨むなら、脱税大好きな君のお父さんにして」

驚きこそしたが、不思議なことに恐怖の感情は湧かなかった。

僕とそう歳の変わらない少年の声には、級友に話しかけるような親しみがあった。

彼は何度かバールを僕の顔の前で揺らし、僕が声を発しないよう念押しする。本来ならば、入居者は全員、両手両足を結束バンドで拘束するが、子どもは彼の判断で見逃してあげるという。そう穏やかに語られて、ようやく口から彼の手が離れた。

固まる僕に、強盗の少年は「両親は今、どこにいるの？」と追及してきた。

答えようとした時、ちょうど浴室まで彼らの声が聞こえてきた。彼らは時折、家中に響くほどの大きな声をあげる。

少年はおかしそうに「ハハッ、地獄」と口元を緩めた。

どうやら家族構成は事前にバレているらしい。他に住人はいないと確信した彼は、余裕のある表情を浮かべ、浴室の扉を開けた。廊下から差し込んでくる光。このまま玄関まで向かい、他の強盗仲間を呼び込むのだろう。

彼はレバーハンドルを握ったまま「じゃあ、大人しく――」と笑いかけてくる。

が、その言葉は途中で止まった。

しばし呆然としたように口を開き、廊下の照明で照らされる僕を見た。

「……君、ズボン穿《は》いてんの？」

不思議そうに問われる。これまで暗くて見えていなかったようだ。

「ていうか、浴槽にお湯も張ってなくない？」

彼はこれまで、僕が暗闇の中で入浴をしていると思っていたらしい。

その発想におかしさを抱くが、決して笑みは出てこなかった。

彼は無言のまま、浴室の照明をつけた。強い光と共に、僕の上半身が露《あら》わになる。白い素肌を痛ましい赤で塗りつぶしていくような、痣。できたばかりの痣は時間が経つにつれ、青紫へと変色する。母からは治るまで外出してはいけないと命じられている。

少年はなにかを察したように扉を閉め、浴槽に落としてしまったスマホを拾った。

画面に映し出されているのは——直前まで調べていた自殺スポットの数々。

人生初めての死にたささを抱えた、夏。

衝動のままに母親のスマホを盗み、浴槽でその方法を調べていた。

「もし君が良ければ、だけどさ」

次に発せられた彼の声は凍りついたように冷ややかだった。

「仲間に『派手にやろう』って伝えておくから」

冷酷な言葉に反して、浮かべた笑顔はあまりに無邪気だった。

これから彼が行う残忍な所業とはかけ離れた、天使のスマイル。

あまりに爽やかで、無垢な笑顔に、僕はしばらく言葉を失った。

後に悟るが、無論、彼自身はともかく、彼の仲間はそんなこと伝えられずとも、被害者に容赦はしない。抵抗を恐れ、通報に怯え、住人を殴り屈服させ、縛り上げる。

少年はその一味であり、闇バイトに勤《いそ》しむ、凶悪な半グレ。

けれども、スマホ片手に笑う彼の瞳は、どんな宝石よりも華やかな輝きを放っていた。


翌週、家に入った強盗の元を僕は訪ねていた。

あの後、少年の合図で押し寄せた強盗たちは、裸の両親を縛り上げ、義父に金庫の場所と暗証番号を吐かせたという。脱税の情報は真実であり、彼は会社の資産を一部自宅に隠していたらしい。情報の流出元は義父の従業員、と後日龍之介に教わった。義父は繰り返し行っていたパワハラで恨みを買っていたようだ。僕は、少年に家の間取りを明かした。淀《よど》みなく家を踏み荒らしていく強盗の物音を浴槽で他人事《ひとごと》のように聞いていた。

強盗が去った十五分後、遅れて警察が駆けつけてきた。僕は「恐くて、ずっと浴槽で震えていた」とだけ証言した。

強盗少年があろうことか平然と連絡先を渡してきた、とは言えるわけもなかった。

「翔っていうんだっけ？　ありがとね。あんなスムーズにいった夜は、初めてだよ」

橘龍之介という少年は、僕の一個上らしい。つまりは十三歳。

渡された連絡先には、名前や年齢まで書いてあった。指定された住所のアパートに向かうと、屈託のない笑顔の彼が出迎えてくれた。

「……マジの連絡先なんですね」

呆然と呟いた僕に、龍之介は不思議そうに首を傾げた。

「なんで？　わざわざ嘘を教えて、どうすんの？」

「この連絡先、警察に渡されるとは思わなかったんですか？」

「あー、そういうこと？　一ミリも考えてなかったわ」

龍之介は本気でおかしそうに笑って、部屋に招き入れてくれた。

玄関に上がった瞬間すぐ、ゴミが散乱したキッチンが出迎えてくる。キッチンの奥に部屋があるらしいが、扉が半分ほど閉められていた。扉の隙間から、うつ伏せに倒れているキャミソール姿の女性が見えた。

「なにあれ」ぽつりと呟く。

「死体」

「は？」

「嘘、嘘。オレのお母さん。寝てるだけ」

龍之介は寝室の扉を閉め「大きな音は出すなよ。マジで包丁、振り回してくるから」と人差し指を口の前に立てた。

どんな親なんだろう、と感じていると、龍之介は自分の生い立ちを語ってくれた。

物心が付いた頃には、父親はいなかった。ずっと母親に育てられてきたが、通っていた精神科の薬が合わず、不安定な時期が続いた。ネグレクトされた龍之介は、万引きで餓《う》えを凌ぎ、やがて児相に保護される。一時期は施設で暮らしていたが、龍之介本人の希望で児相職員から許可をもらい、母との同居を再開させたらしい。生活保護の申請は通っているが、保護費は母親がすぐに使い切ってしまう。彼は飢えをしのぐために強盗を始めたという。

彼自身はなんてことないように語ってくれたが、壮絶という他なかった。

相槌さえ忘れて聞き入っていると、彼は思い至ったように「すまん。ほぼ初対面の相手に話す内容じゃないよな」とすまなそうに頬を掻いた。

「翔って、結構いいとこ育ちだもんな。あんな広い家に暮らしていたんだし」

「僕だって似た境遇ですよ。あのオヤジに血の繋がりはない」

今度は、僕の方から話す番だった。

生まれた時から父はなく、ヒステリックな母親に育てられてきたこと。再婚したが、家庭に居場所はなく、義父や母親からは度々拳を振るわれていたこと。

龍之介は世間話のように笑顔で最後まで聞いてくれた。過剰な同情や憐憫《れんびん》を向けることなく、腑に落ちたように「ん、納得した」と腕を組んだ。

「そうじゃなきゃ、オレの家なんか来ないよな」

それはそうだ、と僕自身も苦笑するしかない。

家にあったジュースやお菓子などを無断で持ち出して、手土産として彼の元を訪れていた。自らの家に押し入ってきた強盗に、僕は更に家のものを捧げようとしている。

それほどまでに彼との出会いは、劇的だった。

僕が閉じこもっていた狭い檻《おり》を、彼はあっさりと破壊してみせた。

「橘さんの手下になりたいです」

「手下なんて募集してないよ。ただ、誘いたくなったんだ」

龍之介は僕からコーラのペットボトルを受け取ると、ラベルを見ることなく開封した。直接口をつけて半分ほど飲むと、今度はそのペットボトルごとを僕に押しつけてくる。

「一緒にバカやろう。敬語も要らないよ、翔」

爽やかな笑顔の彼に、僕は「分かった、龍之介」と返して、ジュースを飲み干した。

「犯罪者から金を奪うお仕事」と彼は紹介してくれた。

早い話が闇バイトだ。『指示役』という存在から、彼は強盗の仕事を引き受けてくる。

狙う先は、脱税して金を貯《た》め込んでいる老夫婦や特殊詐欺で得た金を隠している半グレ。工事現場で盗んだ工具を転売している窃盗グループ。

そういう輩は被害があっても通報しないから狙い目だという。

僕たちは基本的に先兵だった。仲間が運転する車に乗り、窓ガラスをたたき割って潜入する。家や倉庫、事務所など場所は様々。家の中で金庫を探り、金庫を動かす道を空ける。バールを用いて毛布や台車の上に金庫を倒し、引きずって運ぶ。もし見張りがいるなら仲間に知らせ、刃物で脅して身体を拘束する。成功すれば、一回十万円が報酬。

僕は一秒でも長く、両親から離れなければならなかった。強盗事件以来、父親は一層粗暴になった。家に居続ければ、きっと殺される。幸い夜間外出を繰り返す僕を、両親たちは特に咎《とが》めなかった。視界に入れたくもなかったのだろう。

必要なのは、長い夜を生き抜くための細《ささ》やかな金と居場所。

自然と僕は龍之介との仕事にのめりこんでいった。

「言うまでもなく、長くは続かないけどな」

初めて僕が強盗を成功させた翌晩、彼はそう教えてくれた。

「所詮は、使い捨ての駒。仲間かどっかがチクって、逮捕されんのが目に見えてる」

実際、強盗は失敗する方が多かった。金庫に辿り着けたが、固定具を壊せなくて運べないこともある。そもそも中身がなくダミーだった場合もある。すぐに助けを呼ばれ、なにもできずに逃げ帰ってしまうケースもある。当然、失敗すれば報酬はない。

初めて手に入れた成功報酬を持って僕が向かったのは、夏祭りだった。聞いたこともない神社に出店が並んでいる。せっかく稼いだ金だったが、僕たちはそこで散財をした。お好み焼きを頬張り、かき氷をかきこみ、遊戯を順番に試していった。

「じゃあ、龍之介はなんで強盗なんてやっているんだ？」

お祭りの屋台で遊ぶなんて、人生で初めてのことだった。

ずっとやってみたかった射的に挑戦しつつ、僕は小声で尋ねる。射的のコルク銃を構え、片目を閉じて、丁寧に狙いをつけながら。

「龍之介なら、もっと普通に生きられる気がするのに」

「買いかぶりすぎだよ」

僕の隣で、チョコの箱に狙いを定めた龍之介が笑った。

僕とは違って、彼は中学校にも通っていなかった。だが、学籍自体はあるはずだ。きっと彼ならばクラスの人気者になるだろうな、となんとなく考えていた。

「学校も、社会も、複雑すぎる」龍之介が再度、コルクを銃に詰めている。

「複雑？」

「オレが楽しめんのは、射的や輪投げ、祭りのお遊戯みたいなものだけ。難しい環境に馴染めるほど、頭は良くない」

周囲には聞こえぬよう、小声で彼が呟いた。

「強盗なんてバカでもできるから」

冷ややかな言葉は、僕の認識と一致していた。

バカでもできる——というよりバカしかやらない。

もっと頭が回る奴は、下っ端を顎で使う指示役になるか、あるいは犯罪をせずに生きていける。たった数回の体験だったが、この現実は痛いほどに理解できた。

強盗の仲間には、様々な人間がいた。横領してしまった会社の金を補填するために手っ取り早く稼ぎたい者、コンカフェ嬢に親からの仕送りを使い込んだ大学生、『一発逆転』が口癖のギャンブル依存症のフリーター、そんな可哀想な連中ばかり。

黙っているうちに僕は、残弾を撃ち終えていた。何度か命中させていたが、結局欲しかったゲーム機を落とすことはできなかった。

店主から気の毒がられ、小さな飴《あめ》をもらう。

「今が、楽しければそれでいい」

横で龍之介はコルク銃を構え、引き金を引いた。

「ピッカピカの黄金銃を持った連中と、ボロ銃のオレたちは同じルールじゃ競えない」

彼が放った銃弾は狙いから逸れ、別の場所に落ちていく。

もう残弾は尽きたな、と僕が考えていた時、龍之介が屋台の下に潜り込んだ。店主が新しい客に気を取られた隙をつき、地面に落ちていたコルクの銃弾を拾っている。

彼はなんてことないように、その弾をコルク銃に詰め、それを即発砲した。

「先のことなんてどうでもいい」

銃弾はお菓子の箱を倒した。

店主は気づかず、龍之介にチョコ菓子を渡している。

龍之介はコルク銃を置いて歩き出した。手に入れたばかりのチョコ菓子を開ける。一つを自身の口に入れると、残りの中身を僕の手に溢れそうなほど零した。

「オレは、いつ死んだっていいんだよ」

そう自嘲するように笑い、チョコ菓子を自身の口にも放る。

龍之介が進んだ先に、花火が上がり始める。一瞬で夜空を照らすほどに華やぎ、あっという間に消えていく火。それこそが、まさに彼の理想なのかもしれない。

理解できれど、受け入れられなかった。

次々と打ち上がっていく花火を見るたびに、込み上げる寂しさ。一回一回の大輪は美しくとも、次の花火が開く頃には、前の花火は忘れている。いくら残像を脳裏に焼き付けても、目の前に映る新たな花火には敵わない。

彼は、死んではいけない。死にたかった僕を救い出してくれた彼だけは。

それが彼にとって、どれだけ困難極まるゲームだとしても。

「龍之介なら大丈夫だよ」

その背中に呼びかけると、彼は「人の話、聞いてた？」と呆れた笑みを見せた。

「だから、強盗以外の生き方は無理なんだって」

「僕を救い出してくれたじゃないか」

「救ってないよ。もっと悪い場所に引きずり込んでんじゃねぇか」

「他の誰にもできなかったよ」

龍之介本人であろうと、僕を救い上げてくれた事実は否定させない。

それが、たとえ強盗であろうと、あの息が詰まる浴槽から引っ張り上げてくれた。

あの夜以降、僕は折檻を受けていない。夜になれば、龍之介の下に行けばいいからだ。

怯むことない。怒鳴る義父も母親も逃げる僕には手出しできない。食事を与えられなくなった。最低限の服さえ買い与えられることもなくなった。それでも龍之介となら生きていける。

僕の命を救ってくれた恩人が、強盗以外の生き方をできないはずがなかった。

「そんなマジトーンで言われるとは思わなかった」

じっと見つめていると、彼は照れくさそうに苦笑を零した。

「胸に刻んではおくよ。翔の言うことだからな」

龍之介はそれ以上なにも言わず、先に進み始める。

僕は彼の背中を見つめ、掌《てのひら》の熱で溶けていくチョコ菓子を握り込んでいた。

——龍之介がくれたチョコレートが、僕の指先で溶けていく。

——一年間、龍之介と報酬を分け合い、手を汚し続けた。

闇バイトが恐くなかったと言えば嘘になる。

仲間に金を持ち逃げされ、指示役から「責任を取れ」と恫喝されたことがある。龍之介と逃げた仲間を摑まえ、なんとか免罪してもらった。指示役が脅し文句に使う「警察にも仲間がいるんだ」「ヤクザにも伝手《つて》がある」という脅迫がどこまで真実なのか、僕たちには判断がつかない。その罵声に恐怖心を抱かなかったと言えば、嘘になる。

それでも龍之介と過ごす夜は、学校や家よりも楽しかった。

今が楽しければそれでよかった。

少年院に行くことになろうが、その時はその時だ。龍之介と一緒なら生きていける。

仲間からバイクを借りて、共に強盗する場所まで向かう。強盗に失敗して移動手段を失い、夜通し、一本の紙パックのレモン水を分かち合いながら帰宅する。成功報酬を得られた日は、ファストフード店に駆けこんで腹いっぱいに食べる。金を持ち逃げしようとした仲間を追いかけ、何時間も路地を走り込む。

この日々を後悔することはない——当時は本気で思っていた。

橘龍之介の死後――初めて観たＳＩＮの演技は、あの頃の笑顔と同じだった。

◇◇◇

「龍之介…………」

渋谷の夜空を見上げながら、懐古に浸っていた。

南鶴と別れた直後だった。僕は彼女から離れ、この街を彷徨っていた。

マナーモードにしているスマホは時折振動し、新たなメッセージを知らせている。確認するまでもなく南鶴からだろう。だが、もう返信する気はない。全てを察したようなマスカルポーネという動画配信者の視線が忘れられない。なぜか彼は僕の顔に心当たりがあったようだ。その事実を南鶴に既に告げたのかもしれない。

どうでもいいことだった。

事件後、初めて彼の演技を観て、その美しさに打ちのめされた。あの頃のような生きる喜びに満ちた演技。自殺じゃない、と何度も見返すうちに確信に変わった。ネットニユースやSNSで噂をかき集める中で、自殺直前の彼が映っている動画を見つけた。南鶴詠歌へ接触を試みた時、彼女を狙っていた強盗と出くわした。あまりに不審すぎる男。僕は、この男がSINを殺した犯人だと直感し、彼女の調査に協力しながら、強盗を探した。

南鶴を欺いている罪悪感に苛まれはしたが、幸い、成果はあった。

――SINを殺した犯人を見つけた。

待ち伏せしていたのは『カタクリ・プロダクション』の前。

昼間も訪れていたビルの前で息を殺して、張り込む。かつて強盗を繰り返していた時代、龍之介と物陰で身を潜めていた経験を思い出す。

やがて狙い通りの人物が現れた時、僕は彼の進行方向を塞ぐように移動した。

「アナタ、門脇さんですよね？」

驚いた相手の顔を正面から睨みながら、小さく手を振る。

南鶴と調査する中で、彼の情報は手に入れている。マスカルポーネの情報が正しければ、現場マネージャーか。大きな眼鏡をかけた細身の男性だった。

彼は煩わしそうに顔をしかめた。

「なんだ？　どこかの記者か？」

「こんな感じのマスク、調布市でもつけていませんでした？」

僕は、かつて調布市で見かけた強盗と同じ、大きなマスクをつけている。

指でマスクを下に引っ張ると、門脇が呻き声を漏らした。後ずさりをした彼がそのまま逃げないよう、肩を摑んだ。力任せに大通りから一本入った通りまで誘導していく。人の気配がない、寂れた飲食店が連なる路地へ強引に連れ込んだ。

「っ、離せ。一体なんの根拠があって――」

「素敵な腕時計をしていますね」

額に汗を浮かべる門脇に、あえて笑いながら語る。

「先月に隠し撮りされたというアナタの写真を観ました。スマホを弄りながら、電車のつり革に手首をかけていましたね。この時は、腕時計なんて付けてなかったですよね」

僕は、門脇の肩を摑む手に力を込めた。

先ほど、南鶴が撮影した動画には顔こそ映っていなかったが、身体は収められていた。腕時計が付けられた右手。マスカルポーネの写真にはなかったアイテム。

「その腕時計、最近買ったんですか？　もっと近くで見せてくださいよ」

門脇が唇を嚙んで、押し黙っている。

人がいない路地まで誘導し終えると、彼の身体を壁に叩きつけた。路地は、エアコンの室外機が排出する熱気でひどく暑苦しい。先ほどの通り雨で増した湿度が肌に纏わりつく。吹き抜ける風もなく、空気は温《ぬる》く濁っていた。

バランスを崩す門脇の腕を掴みあげ、手首を観察する。

腕時計で隠れた右手首には、誰かに引っ掻かれたような傷があった。先日、僕がつけた傷で間違いない。

門脇幸次郎《こうじろう》──SINのマネージャーこそが、南鶴を襲った強盗。

「警察を呼んでやろうか、強盗野郎」

僕は彼の胸に手を置き、強く体重をかける。

「吐けよ。SINの事件の真相をっ！　知っていること全てっ‼」

門脇の口から苦しそうな声が漏れた。壁に挟まれ、肺が圧迫されたようだ。かつて強盗の指示役から教わった脅迫方法。呼吸を妨げ、精神的に追い詰める。肋骨《ろっこつ》さえ折らなければ、暴行の跡は残らない。人に使うのは初めてだ。

「なにも、知らないんだ……」

一層の力を籠めると、門脇が喘《あえ》ぐように声を漏らした。

「本当になにも分かっていない……！　自分は、なにも……」

「警察に通報する」

「本当だっ！」

悲鳴のような大声をあげる門脇。

嘘らしい嘘には見えなかったので、力を緩める。

ちょうど男女の二人組が、路地を通りかかった。彼らは一瞬僕らを見たが、それ以上の興味を示さず、むしろ面倒事から遠ざかるように足早に路地の奥へ向かっていく。

彼らの姿が見えなくなるタイミングで、呼吸を整え終えた門脇は首を横に振った。

「君の指摘の通りだよ。ぼくはあの女子高生からスマホを奪おうとした。強盗で間違いない。けれど、それだけだ。ＳＩＮの件とは無関係だ」

「嘘を吐くな。彼女が投稿した動画に、やましいものでも映っていたんじゃないか？」

「そこまで把握しているのか……そうだな。不都合なものが映っていたのは間違いない。けれど繰り返すが、なにか犯罪の証拠のような類ではないんだ」

門脇は僕の腕を叩き、胸倉を離すように促した。

舌打ちをして手を離すと、彼は溜め息を漏らすように伝えてきた。

「通話だよ。彼の通話している声が、あの動画データに含まれていた」

告げられ、ハッと目を見開く。

サイレンの音でかき消されていたＳＩＮの声。電話先に何かを訴えていた。いくつかの動画編集ソフトを使って、既にノイズの除去は試みている。

「……『やめてほしい』って彼は発していた」

「フリーソフトでも使ったのかい？　プロに頼めば、もっとハッキリしたはずだ」

門脇は小さく口角を持ち上げる。

悔しいが、同意せざるをえなかった。素人の知識だけで試みた結果だ。芸能事務所が手を尽くせば、より鮮明に音声のデータを抽出できたのだろう。

「――『とにかく訴訟はやめてほしい』。そうSINは怒鳴っていたんだ」

初めて聞いた情報。

訴訟――そんな話、どこの週刊誌もインフルエンサーも突き止められていない。

「どういうことだ？　SINは誰かとトラブルを抱えていたのか？」

「そうだ。それを世間に知られたくなかった。もしトラブルが表沙汰になれば、影響は計り知れない。犯罪と知りながら、あの女子高生のスマホを奪い、動画を削除しなければならなかった。理由を説明すれば、彼女がそれを広めかねない」

門脇はすまなそうに首を横に振った。

「SINの出演作品が、全て配信停止になる――誰にとっても幸せにならない」

門脇は芸能界の内情を説明してくれた。

芸能人が引き起こしたトラブルで、出演作品の配信停止や公開中止が余儀なくされるケースは幾度となくある。判断は配給会社ではなく、スポンサーの意向に大きく左右される。そして、スポンサーは常に大衆の価値観を意識し、明確な判断基準はない。

「彼の作品がこの世から消えることは絶対にあってはならない。言い訳はしない。ぼくはその一心で強盗を行った。女子高生を恐がらせてしまったことはすまないと思う」

門脇は落ち着いたのか、態度が横柄になる。

「慰謝料なら払うさ。どうか、手を引いてくれないだろうか」

開き直った、堂々とした物言い。

仮に彼を警察に突きだしても、これ以上はなにも言わないかもしれない。そう感じさせる強い眼差しで、僕をじっと睨み返している。

薄気味悪くさえある態度に、背中に冷たい汗が伝った。

「トラブルって具体的になんだ？」

嫌な予感に抗《あらが》いながら質問を続ける。

「訴訟するほどのトラブル。ＳＩＮはなにを抱えていたんだ？」

「そこまでは話せないよ」

「話さなきゃこっちも引けない」

「……よくある誹謗《ひぼう》中傷だ。ただ、内容があまりに過激でね。彼自身苦しんでいたし、事務所は民事訴訟に踏み切るつもりだった。悪いが、これ以上は言えない」

諦めたように吐かれた言葉に、僕は呼吸を止めていた。

予感が的中してしまった。門脇が引き起こした問題の大きさと、決して口を割らない彼の態度から、その可能性は脳裏に過っていた。

人気絶頂の有名俳優ＳＩＮには、絶対に突かれてはならない弱点があるのだ。

「強盗の過去が、晒されようとしていたのか？」

「──なぜ君がそれを？」

門脇は取り繕うことさえ忘れたように、息を呑んでいる。「有り得ない」と肩を震わせ、顔から血の気がさっと引いた。

「あの秘密はどこにも──」

「縁があって、彼の罪を知っているんだ。彼が繰り返した強盗がどんな末路を迎えたのかも。ＳＩＮの本名が橘龍之介であることも」

僕は周囲を一度確認し、再度門脇に向き直った。

「誰にも言う気はない。いいから話してくれ」

門脇は額から汗を流し、じっと僕の姿を観察している。

ただのファンや記者ではないことを確認しているようだ。何度か苦し気に唇が動き、やがて彼もまた辺りを窺《うかが》うように周囲に視線を送り、小さく頷いた。

「四月──ＳＩＮが飛び降りる二か月前だ。スタッフが発見したんだ。ＳＮＳでＳＩＮを想起させる芸能人への誹謗中傷コメント。誰も相手にせず、読まれてもいなかったんだが、やけに具体的でね」

「……過去の闇バイト、少年院に入っていた件か？」

「その通りだ。過去の悪行が誇張されて書き込まれていた」

芸能事務所は元々、橘龍之介の過去を知っていた。彼の採用時、ＳＩＮは自らの過去を全て明かしていたという。彼の過去は幹部陣とマネージャーにのみ共有されていた。

門脇は険しい顔つきのまま語り続けた。

「当然、事務所は守る決断を下した。既に法の裁きを受けている。それに未成年の過ちだ。事実だとしても、名誉棄損であり中傷には変わりない」

「……本当か？　ＳＩＮを切り捨てようとはしなかったんだな」

「あまり大っぴらに言いたくはないが、この類のトラブルは決して珍しい話じゃないんだ。特にウチは、どんな経歴があっても本人に資質があれば採用する方針だ」

散々ネットなどで揶揄《やゆ》されてきた『カタクリ・プロダクション』の黒い噂を思い出した。反社と関わっているという噂。それは、よくも悪くも門戸が広い体制からくるのかもしれない。そうでなければ橘龍之介は芸能事務所に所属できなかっただろう。

「無論、今回のトラブルは別格だ。事務所は、誹謗中傷を繰り返しているアカウントの持ち主に何度も警告文を送った。それでも止まらなかったから訴訟に踏み切ろうとした」

「けれど、ＳＩＮは反対したのか」

「そういうことだね。彼は『訴訟はやめろ』の一点張りだったらしい」

電話をかけたのは、やはりチーフマネージャーらしい。

　ＳＩＮが飛び降りを決断した、六月八日の出来事だ。事務所が訴訟を検討していると伝えたところ、彼は激高した。これまで声を荒らげることもなかった彼はほぼ一方的に要求を伝え、通話を切ったらしい。

　話を聞く限り、ＳＩＮの行動はあまりに不可解だった。

「……どういうことだ？　過去を晒されたら、ＳＩＮ自身も困るはずだろう？　ＳＩＮ自身、誹謗中傷に苦しんでいたと言っていたじゃないか」

「チーフが嘘をついていなければ、ね。だが嘘をつく理由もない」

「それはそうだが……」

　門脇は苦し気に、一言一言慎重に口にした。

「ＳＩＮは誹謗中傷の相手と直接会って、解決しようとしたのかもしれない」

　告げられた言葉に、血が止まる心地がした。

「アカウントはＳＩＮも知っている。ぼくたちの関与しないところで、直接やり取りもできたはずだ。匿名通信アプリを使えば、警察も証拠を掴めない」

　アプリの存在は知っていたはずだ。半グレ時代に使っていた。

　門脇は悔しそうに唇を噛む。

「実際、あの場で『黒いシャツの人間』と会っている」

　彼も南鶴の動画を見て、同じ存在に気付いたようだ。僕たちが『黒シャツ』と呼んでいる、事件当日のSINと会っていた人物。

身体が冷たくなる心地と同時に、誹謗中傷のアカウントの持ち主に怒りがこみ上げる。

――SINの過去を知り、それを世間に晒そうとした存在。

何者なのだろうか。橘龍之介はそれが誰かを理解していたのだろうか。

「だとしたら、なぜ警察はその誹謗中傷アカウントの持ち主を逮捕しない？　誹謗中傷されていた件を伝えれば、警察ならすぐに特定できるはずだ」

「いいや、警察には相談していない」

「は？」

「逆に聞きたい。相談して、なんになるんだ？」

不思議そうに告げてくる門脇の表情が、逆に不思議でしかなかった。

会話の流れからして、そのアカウントの持ち主こそが『黒シャツ』ではないのか。彼こそが龍之介に飛び降りるよう、脅迫した人物。

沈黙する僕をしばらく見つめ、門脇は「あぁ、そうか。君は――」と呟いた。やがて口元に手を当て「どおりで……」と目を細める。

「なにが言いたい？」

憐《あわ》れむような色を浮かべた彼を、僕は訝しがる。

門脇は残念そうに「君は思い違いしている」と言葉を吐いた。

「ＳＩＮの事件は殺人じゃない。彼は自ら飛び降りた。疑いようもなく――自殺だ」

ハッキリと彼は言い切った。

告げられた瞬間、頭の奥で絶叫のような甲高い音が響いた。

聴覚と視覚が奪われたような錯覚。

一瞬、奈落の底に落ちていく感覚に陥りながらも、なんとか息を吸い込んだ。

「………なんで、そう断言できる？」

「ＳＮＳの遺言は、飛び降りる直前、彼のスマホで投稿されていた。そして、スマホには彼の指紋しかなかった。屋上に繋がる階段は砂や埃がこびり付いており、足跡は彼一人分。靴跡も一致している。担当刑事は殺人の可能性を諦めざるをえなかった」

全く知らない情報が一気に並べられ、言葉を失う。

スマホの指紋が彼のものしかない以上、遺言は彼が書き込んだことになる。犯人が書き込み、指紋を消し、ＳＩＮの指紋を擦《なす》り付《つ》けることはできないはずだ。

ＳＩＮは自らの意志で遺書を投稿し、飛び降りたのは疑いようもない。

「だとしても、脅迫されたかもしれないだろう」

南鶴が伝えてくれた可能性を訴える。

「犯人は直接、飛び降りる場にいなくていいんだ。通話でもメッセージでも、指示を出せばいい。過去の罪を脅迫に使えば、可能だ」

「そもそもSINは、過去が広まってもいいという意向だった」

「……そうなのか？」

「彼はこれを機に『過去を公表させてください』とさえ言っていたよ。本人はファンたちを騙している感覚にずっと苦しんでいたらしい。さすがに、とんでもない事態になるから止めたけどね。一応納得はしてくれていたが、内心まだ葛藤があっただろう」

ありえなくはない、と認めてしまう自分がいた。

これまでは脅迫を前提に事件を追っていたゆえに、つい考えないようにしていたが、元々龍之介は自身の名誉に無頓着な男だ。金さえ彼を縛る理由にはなりえない。

そもそも脅迫なんて通じる相手ではないかもしれない。

「それでも、警察には相談しなかったのか？」

「なにをだ？　あの誹謗中傷アカウントがSINを殺した、なんて根拠は一つもない。誹謗中傷アカウントの持ち主が黒シャツの男というのは、ぼくの想像だ」

その通りだ。反論の言葉が出てこない。

僕と南鶴は、『黒シャツ』と強盗を同一人物と推理し、殺人の証拠を消したがっているのでは、と推測した。だが、強盗が門脇である以上、その前提は崩れている。

「仮に逮捕できても、自殺教唆や脅迫罪が立証できるのか？」

門脇の声が大きくなる。

「警察に相談しても、得られるものはない。それどころかリスクしかない。関係者が一人でもリークすれば、SINの過去は報じられ、出演作品は全て配信停止になる」

芸能界のことは詳しくないが、十二分にあり得そうだ。

警察関係者が、情報をリークしない保証はない。過去、有名人の事件が週刊誌に流れた事例はあったはずだ。そしてSINの事件には、それだけの話題性がある。

「芸能事務所の儲《もう》けのため――そう大人の事情だと罵ってもらっても構わない。けどね、少なくともぼくはSINのファンだった。とてもじゃないが、耐えられない」

早口で訴える門脇の瞳には、涙が滲んでいた。

「SINをスカウトしたのは、ぼくなんだよ」

訴えられた言葉の重さに、僕は呼吸を止めていた。

彼を知っていた。

龍之介が芸能界に足を踏み入れたのは、出院から半年後。当時、派遣バイトを繰り返していた彼は、その帰り道で芸能事務所のスカウトマンを名乗る男に声をかけられたという。割のいい報酬に惹かれ、彼は軽い気持ちでオーディションを受けることにした。

龍之介は一度、話してくれた。『営業先で必死に売り込んでくれるし、私生活まで徹底的に管理してくれる。現場マネージャーってそんなこともすんだな』と。

目の前にいる人物は橘龍之介の恩人。元半グレの常識知らずの少年に社会の常識を叩きこんだのは、門脇マネージャーだ。

「出会った時、眩しいほどの前向きさに胸を打たれた」

門脇は項垂れる。

「彼が、自ら飛び降りたなんて、今でも信じられない」

力なく呟かれた言葉に、自然と僕の身体から力が抜けてしまった。

一歩引き下がり、門脇から離れた。

これ以上、彼に用はなかった。龍之介を失った喪失感に打ちのめされ、名誉だけでも守ろうと足掻《あが》いている男。門脇幸次郎はそれ以上でもそれ以下でもない。

身体を駅の方に向けた時、背中から「待ってくれ」と声をかけられた。

「君が何者か教えてくれないか？　ＳＩＮとは、どういう関係なんだ？」

この人には伝えていいか、と一瞬考えたが、言葉が出てこなかった。

正解が分からなかったのだ。親友とも言い難い。仕事仲間だったのは過去の話だ。同じ地元の先輩後輩と呼ぶには、あまりに異質すぎる。

足を止めて悩んでいると、門脇が「ショウ君なんだろう？」と口にした。

咄嗟に振り返る。

門脇は僕の顔を見て、納得したように深く頷いている。

「……そうか。やっぱり君がショウ君か」

「なんで僕の名を?」

「SINから教えてもらったからに決まっているだろう。『弟みたいな存在』ってよく自慢していた。最近忙しくてなかなか会えないことを頻繁に愚痴っていたよ」

彼は縋るような表情で近寄り、僕の両肩を摑んできた。

「なぁ教えてくれ。『ルール』ってなんだ? 一体、なにが彼を殺したんだ?」

まるで立場が入れ替わったように、僕に質問をぶつけてくる。

その切羽詰まった表情を見て、彼も僕と同じなのだと気がついた。

いまだSINの死を受け入れられないまま、暗闇の中で藻搔いている。彼のためならば、あらゆる手段も辞さないほどに。

視界に映っているのは、僕自身だった。

「それは——」

一瞬、開きかけた唇をすぐに引き締める。

「——誰にも言いたくない」

門脇から逃げるように背を向け、駆け出した。

無様な自分を直視しているような感覚から、一秒でも早く逃れるために。

◇◇◇

闇の中で藻掻き続けるような絶望が、消えてくれない。

「死にたい」と「死にたいほど苦しい」の区別がつかない。

今日も橘龍之介の後を追うように、誰かが命を絶った。もはや連日のように届けられる悲劇は「次はお前の番だ」と囁くような感覚を呼び起こす。マスカルポーネに言われなくとも、彼を『死神』と罵る声くらい知っている。

橘龍之介の『ルール』を巡る、自殺報道の数々は、どれだけ気をつけていても、視界に飛び込む。僕たちはまた一歩、死に向かって背中を押される

だが誰もが誤解している。南鶴も、ファンたちも、門脇も。

橘龍之介のルールは、決して人を殺すようなものじゃない。

強制力も無いに等しく、破ったとしても誰も咎める者はいなかった。そもそも知っているのは、数名しかいないのだから。

橘龍之介のルールが誰かを殺すなどあってはならない。

ルールとはかつて僕たちが犯した過ちに対する、龍之介の信念なのだから。

◇◇◇

龍之介と強盗を繰り返して、一年が経とうとしていた頃だった。

この一年で多くの仲間が逮捕されたり、連絡が取れなくなったりした。それでも指示役に召集をかけられる現場には、常に新入りが補充されている。僕たちほど若い新入りは珍しかったが、決していないわけではなかった。

「最近さ、翔の言う通りかもしれない、と思い始めてきた」

そんな頃、龍之介が唐突に口にした。

僕は首を傾げた。

「なにが？」

「オレは別の人生が送れるかもしれないってこと」

梅雨空の夜、彼のアパートでレトロゲームに興じている時だった。

今夜も指示役から動員をかけられたが、龍之介は適当な言い訳を述べて参加を拒否していた。彼には本当にヤバい案件を察知する嗅覚が備わっていた。これまで十数回以上の強盗に関与しているが、彼が逮捕されなかった理由だ。

指示役は毎度、恫喝してくる。『家族を殺すぞ』とか『警察に引き渡すぞ』とかが常《じょう》套句《とうく》で、僕たちは毎回、今日はなんと脅してくるかを予想して盛り上がった。

「実は、ずっと悩んでいたんだよ。だいぶ、時間がかかっちまったけど」

昨年の夏にかけた言葉を、ずっと彼は気にかけてくれていたらしい。

そんな素振りは一切見せていなかったので、驚いた。

「龍之介……」

「やっぱり翔の言うことなら、信じてもいいかなって。ここ最近、使い走りが、どんどんパクられてるっていうのも理由の一つだけどな」

今日は特に面倒くさそうに言葉を吐き出す龍之介。

実際、最近はうまみのある案件は提供されなくなってきていた。

半グレや違法業者の事務所をタタくのは、危険はあれど報酬は高い。相手もすねに傷を持つので、通報されることもない。龍之介と僕が好んでいた仕事先だ。

しかし、最近は、どう考えても一般家庭や商店などを指定されるようになった。酷い時には『どこでもいいから襲ってこい』と命令される。当然、龍之介は拒否した。そういった先が現金を貯めこんでいるケースは少ないし、被害者は躊躇《ちゅうちょ》なく警察に相談する。

「こんな悪行に、いつまでも翔を付き合わせんのは違うよなぁって」

ゲームの画面を見つめながら、照れ臭そうに笑ってみせる龍之介。

僕は全身の細胞が温かな熱を帯びていくのを感じた。才能あふれる恩人が、強盗だけで一生を終えることにずっと虚しさを感じていた。

「むしろ僕は、付き合ってもらっている側だよ」

彼の選択を尊重しつつ、気になったことを尋ねる。

「けれど、金は大丈夫なのか？」

「多少の金は貯まったし、大丈夫だよ。もうじき十五歳になって、普通のバイトもできるしな。翔の飯代くらいは払ってやる。これまで通り、夜になったら来いよ」

「助かる。僕もバイトができるようになったら、絶対に返すから」

「ん。じゃ、決まりだな」

彼は僕の同意を得られると、早速スマホを取りだした。

このあたりの判断と行動の早さは、彼の長所である。

「――というわけで、やめます。今までありがとうございました」

指示役と短く通話をすませ、電話を切る龍之介。五秒後にはコントローラーを握り、僕との格闘ゲームに没頭している。随分と呆気ない幕引きだった。

龍之介がなにも説明しないので、僕から問いかける。

「指示役はなんて？」

「手を引くなら、これまでの世話料を払えってさ」

「払うわけねぇだろ」

「後は『家族を襲う』『警察に密告する』『身分証をネットに晒す』とか？」

「最後の最後まで、定型文のオンパレード」

予想された答えに、もはや乾いた笑いしか出てこなかった。

全部、脅しにもならなかった。家族なんて自由に襲えばいいし、逮捕されようと元々失うものはない。少年院に入ろうが構わないのだ。

龍之介も「ま、大丈夫だよ」と面倒くさそうに手を振った。

「金にならない相手に時間をかけるほど、向こうも暇じゃないでしょ」

彼らしい楽観的な物言いに、僕もそれ以上の心配はしなかった。

どうなろうと、龍之介が隣にいるならば構わない。仮に闇バイトをやめても、彼との関係が絶たれることはないはずだ。未来を歩み始めた彼と共にあり続ける。

僕たちは誰よりも自由で無敵なのだ――そう、信じて疑わなかった。


闇バイトから足を洗った僕たちは、一か月ほど平穏な日々を送った。

ほぼ毎晩、僕は龍之介のアパートでゲームをしながら過ごすようになっていた。あるいは二十四時間営業のスーパーに出向き、半額弁当を買い漁る。稀《まれ》に龍之介の母親が起きてきた時は、逃げるように退散した。

その夜は、アパート近くの公園で半額シールが貼られた唐揚げ弁当を分け合っている時だった。昼間に台風が通り過ぎ、やけに涼しかった記憶が残っている。

この頃の龍之介は、妙に饒舌《じょうぜつ》だった。

彼は唐揚げを頬張りながら「高校、どうしようかなぁ」と言い出した。本当に変わる一歩を踏み出そうとしている彼に感心しつつ僕は素直に「通えんの？」と尋ね、彼は「さぁ」と曖昧に笑った。

僕は苦笑を零して「ま、龍之介ならどこに行っても、なんとかなるよ」と同意した。

龍之介は、自身を過小評価している。彼が自身の人生に希望を見いだせないのは、それを評価する者がいなかった環境のせいだ。

「翔は、オレに甘いからなぁ」と頬を緩める龍之介。

果たしてそうだろうかと首を傾げていると、僕たちが座るベンチの前に突如、一人の少年がやってきた。険しい顔で大股で歩み寄ってくる、短髪の少年。

僕より少し年上か。高校生らしき彼が、僕たちの正面で足を止めた。

「お、お前さぁ……！」

緊張しているのか、顔が赤くなっている。

第一声が無駄に大きい。僕はその声に聞き覚えがあることに気がついた。おそらく何回か現場で一緒になったことがあるのだろう。僕たちと同じ下っ端として。

「な、なんか、あんだろ……!! やめるってことは! 金を持ち逃げしたとかさぁ!」

まるで要領がつかめない言葉に、首を傾げる僕。

どうやら彼は、説明すべき事柄を省略している。自身が理解していることは相手も分かっていると決めつけるタイプ。強盗の現場で何回か出くわした。

龍之介は割り箸を置き、相手を強く睨み返した。

「もしかして指示役から何か吹き込まれた? 『こんなスッパリやめるなんて、裏があるに違いない』とか思われたわけ? 安心しなよ。なんもないから」

「嘘を吐くな。トブんだろ? この前の現場、失敗に見せかけただけだろ?」

「話が違ったからだよ。麻薬密売人《プッシャー》の家と言われたのに、ただの年金暮らしのジジイが暮らしていただけ。リスクとリターンが見合わない」

「いいから、金を出せって言ってんだよ!」

怒鳴った少年はポケットからナイフを取り出した。

龍之介は彼が構え終わる前に少年の腹を蹴り飛ばしていた。僕もまた龍之介とほぼ同時に立ち上がり、彼に追撃を加え、すぐさまに逃げようと試みる。

強盗を繰り返していると、逃走の判断だけは早くなる。

しかし背後を振り返った時、既に四人ほどの男たちに囲まれていることに気がついた。

全員、特殊警棒をはじめ、なにかしらの武装をしている。彼らにも指示役から僕らを襲うように指示が下ったのだろう。

もしかしたら龍之介のアパートから出る時には、既に見張られていたのかもしれない。彼の住所は指示役が摑んでいる。

「…………………………マジか」

僕たちは当たり前の事実を失念していた。

闇バイトは実行役が愚かであるように、指示役も結局、愚か者でしかない。

ロクに金を持たない僕たちを襲わせて、なにかしらの報酬が得られるとあり得ない算段を立てている。あるいは、恐怖で下っ端を縛りつけようとしているのか。そんな手間をかけても、下っ端など警察に逮捕されて消えていくだけなのに。

僕が言葉を失っていると、背後で人が動き出す音が聞こえた。

「翔っ!!」

龍之介の怒号に気づき、咄嗟に身を捻る。

振り向いた先には、顔を真っ赤にさせた少年と、彼が突き出したナイフがあった。

僕の顔にナイフが掠める寸前、少年の身体が横に揺れた。

龍之介が素早く彼の腕を摑んだのだ。僕を庇うように飛び出した彼は、少年の足を払い、地面に叩きつけた。

ほんの僅かに僕の反応が遅れていれば、ナイフが突き刺さっていた。

地面に叩きつけられた少年は、起き上がろうとしない。僕は龍之介の腕を摑み、すぐさまに離れようと足に力を込めた。

幸い、僕たちを囲う四人の男たちは、飛びかかってこない。

チャンスだと捉え、走り始めようとした時だった。

「…………え？」

腕を引っ張っても、龍之介は動こうとしなかった。

僕たちを囲う男たちも同様だった。皆、魂を抜かれたように固まり、足を竦ませている。まるで時が止まったような静寂が、深夜の公園に生まれていた。

うつ伏せに倒れている少年――彼の身体から赤い血が溢れ出していた。

全身の血が凍る感覚を抱き、遅れて事態を察する。素人が受け身を取れるはずもない。彼はナイフを握りしめたまま、地面に倒れてしまったのだ。転倒の勢いは止まらず、上を向いた刃に身体が覆いかぶさってしまった。

真っ先に動いたのは、龍之介だった。「救急車」と呻きつつ、僕にスマホを投げ渡す。そのままシャツを脱ぎ捨て、少年の止血を試みた。

身体を仰向けにした途端、喉元に深々と突き刺さるナイフが露わになる。

龍之介はナイフを抜かないようにしつつ、シャツをその傷口に押し当てた。僕は救急車の番号をなんとか思い出し、止まらない血を眺め、底知れない恐怖に駆られていた。

「……いや、散々強盗はやってきたけどさぁ」

龍之介の声には、いつにない焦燥が滲んでいた。

「誰かを殺すのは違うじゃんかよ……」

やがて救急車が到着するまで、彼は必死に応急処置を行っていた。周囲にいた他の四人は逃げるように去っていった。既に助からないと分かっていたのかもしれない。

僕たちの強盗生活は、殺人という最悪の結果で終わりを迎えた。


罪状は、過失致死になるという。

半グレ同士の喧嘩の果てに起きた悲劇という形で、僕の少年審判は終わった。スーパーで買い物に興じる僕と龍之介と、それを尾行する五人の怪しい男たちはバッチリ監視カメラで捉えられていた。僕たちの事件に計画性はないと判断された。

けれど、僕と龍之介が過去に闇バイトに手を染めていた事実は重く捉えられた。

少年鑑別所で担当官から伝えられた言葉は忘れられない。

「簡単に『闇バイト』って言われるけど、強盗は刑法でも特に罪状が重たいんだ。仮に強盗殺人になっていれば、死刑か無期刑。一生、社会には出られない。仮に未成年だとしても、十四歳以上ならば無期刑もあり得なくはない。つまりは終身刑だ」

どこか罪を軽んじていた僕は、自らが手を染めていた悪事の大きさに慄いた。

間接的とはいえ、殺人に手を染めてしまった事実。

そして、なによりも僕を助けようとした龍之介に人を殺《あや》めさせてしまった事実。

児童自立支援施設処分が下された僕は、社会から隔離された施設で己の過ちを悔いていた。両親は面会に来ることなく、弁護士を介して実質的な絶縁を告げられた。

――やはり僕は、死ぬべきだったのではないか。

龍之介と出会い、手放したはずの発想が頭をもたげる。全ては僕のせいとしか思えない。僕を守るために龍之介は殺人を犯した。被害者遺族、そして、迷惑をかけた龍之介に詫《わ》びて、命を絶つしかない。そんな結論を導き、自立支援施設での更生プログラムは積極的に取り組んだ。年下の子どもたちの面倒を誰よりも見て、一日でも早く施設から出ようと努めた。

それでも龍之介との再会には、一年以上がかかった。

龍之介は少年院送致に決まっていた。十四歳の龍之介は刑務所の可能性もあったが、すぐに救急車を呼び、被害者に応急処置を行っていた点が考慮されたらしい。

僕が十五歳になり、彼が十六歳になった十二月。待ち合わせ場所の川崎駅に現れた彼を見て、愕然とした。驚くほどに痩せ細っていたのだ。元々透明気味だった肌は一層白くなり、頰の肉は削《そ》げ落ちている。坊主頭を帽子で隠しつつ、かつて浴槽で出会った時とはかけ離れた、切なげな瞳を向けてくる。

顔を見た時、思わず泣きそうになった。

「龍之介……」

「久しぶり、翔」

彼は僕の肩のあたりに触れながら挨拶した。

まるで独り言のようにぶつけられた言葉に、胸が痛くなる。彼はそれ以上の言葉を紡がず、さっさと歩きだしていた。

「来てくれて、ありがとな。付き合ってほしい場所があるんだ」

そのまま電車で彼が指定する駅まで移動した。

道中、会えなかった期間の出来事を語ったが、かつてのように盛り上がることはなかった。龍之介は何度も俯き、曖昧な相槌を打つだけ。

かつて見せてくれた、天使のような笑顔は薄れてしまっていた。

やがて無言になった龍之介が案内してくれた先にあったのは、駅近くにある雑居ビルだった。雀荘《ジャンそう》や消費者金融が入っていそうな薄暗い建物を見上げると、屋上には十字架らしきものが見えた。

「なにここ？　暴力団事務所？」

気まずさを振り払うように冗談を言うと、龍之介はようやく硬い表情を崩した。

「ただの教会だよ。十字架見ただろ」

「変なアンテナがあるなぁって」

「ここの牧師さんに今世話になっているんだ」

少年院から出た彼の身元引受人になってくれたという。少年院を訪れた彼の講和に感銘を受け、龍之介の方から手紙を出したそうだ。

「龍之介の母親は、引受人にならなかったのか？」

疑問を口にすると、彼は「オーバードーズで逝った」と明かしてくれた。

玄関には『ゴルゴダの丘基督教会』と記されてある。

龍之介がノックすると、やがて優しそうな男性が顔を出した。てっきりゲームに出てくるような礼拝服姿の神父をイメージしていたが、ラフなポロシャツ姿だった。三十代前半だろうか。大きな丸眼鏡をかけ、凛《りん》とした品のいい顔立ちだ。身体の線は細く、柔和な笑みを浮かべている。なぜだか、生徒から人気だった小学校の先生を思い出した。

「小此木先生」龍之介が名前を呼んだ。

「彼がこのあいだ話してくれた長谷川君ですか？」

小此木先生は和やかな笑みを、僕に向けてくる。相手の警戒心を解きほぐすような笑顔が、逆に胡散臭《うさんくさ》くて肩を強張らせてしまった。

龍之介は、おかしな新興宗教に騙されているんじゃないか。

そう身構えていると、小此木先生は「神は人間の弱さを知っています」と口にした。

あまりに唐突な言葉に呆気に取られる。

「弱さ？」と尋ね返すと、龍之介が「黙って聞けよ」と苦笑を零した。

小此木先生は気にしていないようで、ニコニコと目を細めている。

「『すべて重荷を負うて苦労している者は、わたしのもとにきなさい。あなたがたを休ませてあげよう』――有名な聖句です。偉大なる神に遣わされたイエスは、厳格な律法の世界では生きられずに道を踏み外してしまった者を、大きな愛で受け入れます」

小此木先生は柔らかな笑顔で頷いた。

「怯える必要はありませんよ。ここはアナタの家でもあります」

奥に入っていく彼の背中を、ぼんやりと見つめる。悪い人ではないようだ。

彼に促されながら中に入った時、壁に掲げられた十字架が目に入った。

が、教会らしい物はそれだけだ。あとは講壇を取り囲むように、無数のパイプ椅子が並べられているだけ。ペンキで塗られたばかりであろう壁の白さは眩《まばゆ》いが、他は質素。

十字架の前で息を止め、僕はしばらく立ち尽くしていた。

「ここは夜の教会なんですよ」

小此木先生がゆっくりと語りかけてきた。

「仕事帰りに気軽に立ち寄れる、祈りの場所。生活と信仰は密接な関係であってほしいと願って、私が新しく作った教会なんです」

教会らしくないのは、まだ作って間もないかららしい。英会話教室やヨガ教室と言われた方が納得するくらいには簡素な空間だ。

一度十字架から視線を外し、さっきから無言の龍之介の方を見た。

「龍之介は、クリスチャンになったのか？」

「そういうこと。人生の生き方が分からなくなって、小此木先生に相談しているんだ」

「……そうなんだ。なんだか意外だ」

「翔、それより本題に入りたいんだが」

龍之介の変化に感心していると、彼が険しそうに眉を顰めた。

まだ本題があるのか、と意外に感じる。来てほしい場所は教会ではなかったのか。

龍之介は緊張した面持ちで口にした。

「千賀《せんが》真司《しんじ》——誰かは言わなくても分かるよな？　彼の遺族の元へ行かないか？」

名前が聞こえた瞬間、心臓が縮こまるような心地になる。

——僕たちが殺した少年。

僕はいまだ遺族に会えていなかった。保護司に相談したが、話を誤魔化され、どうすれば会えるのかも分からず、途方に暮れていた。

「小此木先生が、仲介役になって何度も遺族の元に通ってくれたんだよ」

龍之介の説明に、小此木先生が「彼らもまた救いを必要としていたので」と言葉を続ける。「余計なお世話かと思いましたが、足繁《あししげ》く通わせていただきました」

どうやら全て入念に準備されていたことらしい。

会わねばならない、と理解しても、緊張で息が詰まる。

すぐに即答できなかった僕を、優しく小此木先生が見つめている。震えて動けなくなった僕に、龍之介が「いや、そうじゃないんだ」と初めて笑みを見せた。

「説明不足だったな、翔」

「なんだよ」

「お前は近くにいてくれるだけでいいんだ——オレが逃げないように」

結論から言えば、僕は謝罪する権利さえ与えられなかった。

幾度となく一緒に謝罪する旨を主張したが、龍之介は決して認めなかった。

彼は何度も説き伏せてきた。千賀真司を殺したのは紛れもなく自身であり、僕は現場にいただけに過ぎない。そもそも闇バイトに誘ったのは龍之介であり、僕は巻き込まれただけの被害者。その主張を一切曲げることなく、彼は被害者遺族の家に向かった。

見抜かれたのかもしれない——遺族と龍之介に詫びてから命を絶つ、僕の願望を。

同行した僕は、千賀真司が暮らしていたアパートの前で待つことだけ許された。

小此木先生と龍之介が一つの部屋に入っていく様を見届け、僕は寒空の下、三時間佇《たたず》んでいた。川の近くに建てられたアパートには、凍えるような冷たい風が吹き付けていたが、温かな場所に逃れたいとは思えなかった。

やがてアパートから出てきた龍之介は、両目から涙を流していた。

「ありがとな、翔。ずっと待っていてくれて」

既に夜が更け、月が空高く昇っていた。

川の土手沿いの道を進みながら、龍之介は嗚咽交じりに説明してくれた。

招き入れてくれた千賀真司の両親は、あくまで理性的に応対したという。

一言も声を荒らげず、ただ静かな視線を龍之介に投げてきた。リビングに招き入れ、お茶を出し、母の日に贈られたというフォトフレームをテーブルに置き、淡々と息子のアルバムを見せてきた。事件直前、家族で行った沖縄旅行の映像も見せてくれた。それは、文化祭で友人たちとフェイスペイントで盛り上がる写真も見せてくれた。それは、千賀真司が健やかに生きた歴史だった。僕たちが奪ってしまった命の重さ。

彼が闇バイトに手を出したのは、親友のためだという。千賀真司には僕たちと同じように、父から虐待を受ける幼馴染がいた。児童相談所に見捨てられた彼は金を稼ぐために闇バイトに手を出したが、強盗に失敗し、逆に指示役から多大な懲罰金を背負わされた。相談できる相手もいなかった親友のため、千賀真司は共に罪を犯す道を選んだ。

三時間、千賀真司の両親は失われた息子の未来をひたすら喋り続けた。最後の最後まで龍之介を罵倒しなかった。代わりに号泣しながら、喉が枯れるほどに思い出を語った。

それを聞くうちに、僕も自然と涙を流していた。

改めて彼一人に背負わせてしまった罪の大きさに、胸が苦しくなっていく。

「……小此木先生。神様は、こんな人殺しでも救ってくれるんでしょうか？」

最後、龍之介が苦しそうに吐き出した。

僕も同じ気持ちに駆られていた。神が存在するならば、きっと僕たち以上に救われるべき人間は山ほどいる。強盗を繰り返し、挙句の果てに殺人に手を染めた罪人よりも。

「分かりません。オレは、どんな奴よりも最低な奴です……」

「神の愛を疑ってはいけません」

小此木先生は首を横に振った。

「もちろん殺人は、十戒でも戒められた禁忌です。しかし同時にカインとアベルの時代から存在する、人間が決して逃れられない罪でもあります。アナタが神を信じ、隣人へ愛を注ぐことを絶やさなければ死後、神はアナタを天国に招いてくれるでしょう」

「誰も納得してくれませんよ」

「納得してくれないなら、なんだというのですか？」

彼は、泣きじゃくる僕たちの肩に優しく触れた。

「イエスは、ユダヤ人から憎まれ、最後には磔《はりつけ》にされました。イエスでさえ生前は、万人に認められるなど叶《かな》わなかったのです」

彼が与えてくれるキリストの教えはあまりに僕たちに甘い。

けれど他に縋れるものなどない。親も学校も、僕たちに生き方を教えてくれなかった。

「――『貧しき者は幸いである。神の国はアナタのような人のためにある』」

小此木先生は言葉を紡ぎ続ける。

「私の大好きな聖句です。心が挫《くじ》けそうになっても、自らの責務を放棄してはなりません。アナタの魂と身体は、偉大なる神から授けられ、愛を説くためにある」

いつの日か身体が朽ちた時、魂は器から解放され、神の国に迎えられる。

そんな教えが説かれた瞬間、龍之介の肩が微かに震えた。

その口から「神の国、ですか」と呟かれる。

その後突如喚《わめ》き散らし、彼は駆け出した。川に向かって雑草を踏みしめて進む龍之介に、僕と小此木先生はしばし呆然と立ち尽くした。

だが、嫌な予感がしてすぐに追いかける。龍之介は川に飛び込もうとしているのだ。

季節は真冬。川は幅二十メートルほど。龍之介が止まることはない。躊躇なく川の中に入っていき、中央まで歩いていく。水嵩《みずかさ》は彼の腰ほどだ。獣のような雄叫《おたけ》びをあげ、彼は水面を殴りつけた。何度も何度も、まるで川面《かわも》の月を殴るように。あるいは川面に映った自身を殴るように。あがった水飛沫が彼の顔を濡らしていった。

小此木先生は川べりで足を止め、龍之介をじっと見つめていた。

僕は龍之介の後を追って、川に入った。痛くなるほどに冷たい川の水。止まりたくなる足を懸命に動かし、川の中央の龍之介に近づいていく。彼が咆哮《ほうこう》するたびに、涙が止まらなかった。「龍之介……っ」と彼の名を叫んでいた。

やがて龍之介は水面を殴ることをやめた。

肩で息をしながら空を見上げた。

「小此木先生、オレは、愛を信じます」

水で濡れた彼の顔や髪が、月の光で輝いてみえた。

「天国に行けるかなんて分からない。けれど、オレは自らを縛らなきゃいけないんだ」

声はまだ涙で震えていたが、一語一語に熱が込められている。彼はようやく隣にたどり着けた僕の肩に手を乗せた。彼の指先が力強く食い込んでくる。

「翔、お前の言う通りだったよ。オレはこれまでと違う人生を掴まなきゃいけない。愛を信じ、愛を説く。残りの人生全てを、贖罪《しょくざい》のために生きる」

自身の肩に乗せられた龍之介の濡れた手。

「――オレは、ルールの下で生きていく」

僕はその手に自身の手を重ねながら頷いた。強く唇を嚙み締める。

かつて僕は彼を尊敬し、付き従った。半グレに使い捨てられると知りながら、強盗を繰り返した。他になにも考えずに済んだから。

もっと器用に生きたかった。

僕を愛してくれる両親の下に生まれたかった。成長を祝福されたかった。無視されたくなかった。殴られたくなかった。賢く、落ち着きがあって、社会に期待されるような子どもでありたかった。輝かしい未来を夢想して友達とずっと遊んで過ごしていたかった。

僕はもっと早く龍之介と向き合うべきだったのだ。

彼が大罪を犯す前に、何時間でも彼の魅力を説くべきだった。朝を迎えるまで彼の可能性を教えるべきだった。そうすれば龍之介はもっと早く更生し、僕と別の未来を歩んでくれただろう。希望に満ちた人生を得られただろう。

それは、彼に救われた僕だけができた行為だ。

なのに、僕は選ばなかった。彼と駆け抜ける夜が、あまりに気持ち良かったから。

死にたかった。

すぐにでも命を絶ちたかった。

けれど、きっと今の僕はそれさえ望んではならないのだ。間違えてはいけない。

「支えてくれるか？　翔」と問いかける龍之介に、僕は「もちろん」と答えてみせる。

それが僕との間で、龍之介が誓ったルールだった。

二度と過ちを繰り返さないために、愚か者だった僕たちは自分を縛らねば生きていけない。自由に生きてはいけない。だから互いに支え合う。

ルールとは、信仰の戒律でもなければ、芸能事務所との契約でもない。

それは過去の過ちを悔いた僕たちが、新たな人生を生きるための誓い。

5章

──SINの本名は橘龍之介。かつて闇バイトに手を染めていた。

──長谷川翔は、橘龍之介と共に罪を犯していた少年。

与えられた情報は衝撃的だったが、なぜ長谷川翔が死にたがっていたのかを明確に説明してくれていた。これほど分かりやすい答えはない。

──橘龍之介を失った絶望。

おそらく彼は橘龍之介の亡くなった理由までは知らない。唐突な訃報に絶望した彼だったが、俳優SINのファンになり、事件を追うことに決めた。

だとすれば連日報道された彼の死は、どれだけ彼の心を傷つけたかは想像に難くない。ネットでもSNSでも、メディアに繋がってしまえば四六時中、飛び交うナイフのような言葉を浴びせられる。真実を追い求めようとすれば、無理解の言葉に晒される。

しかしメディアから離れれば、彼の死因は一生、闇の中だ。

大切な人間が自ら命を絶った理由さえ分からない──その暗い沼のような絶望は、私も知っている。苛まれる自責と、理不尽な苦悩。

マスカルポーネさんと別れた後、情報の整理を終えた私が取るべき行動は一つだった。

《やっぱり小此木先生に会わせてくれないかな？》

日下部さんにメッセージを送る。

小此木牧師——彼はきっとSINだけじゃなく、長谷川君の過去も知っている。

長谷川君は『プロテスタントの司祭は牧師と呼びますよ』と教えてくれた。一般教養の範囲なのかもしれないが、淀みなく語ってくれた彼の言い方が印象的だった。なにより彼は教会に向かうのを嫌がっていた。

彼は元々、小此木牧師を知っており、私と近づけさせたくなかったのだ。

SINの事件を探る上で、キーパーソンになるのは間違いなかった。

◇◇◇

芸能事務所に潜入した翌朝、『ゴルゴダの丘基督教会』を再び訪れた。

今度はエレベーターで引き返すことはない。大きな音を立てるエレベーターに不安を抱えながら、四階まで上がり、緊張を覚えつつ、チャイムを押した。

やがて中から「はい」という品の良さそうな声が聞こえ、ポロシャツ姿の男性が現れた。朴訥《ぼくとつ》とした雰囲気を纏っており、安堵する。

「あの」少し上ずった声で、頭を下げる。「小此木先生はいらっしゃいませんか？」

「小此木は私ですよ」

「え？」

「南鶴さんですね？　日下部さんから話は聞いています。実は、長谷川君からも」

彼の名前を聞いた時、やっぱり長谷川君とも繋がっているんだ、と唾を飲んだ。

招かれた先にあったのは、ペンキで真っ白な空間に、十字架、講壇、パイプ椅子しかない光景だった。予想以上に殺風景で、意表を突かれる。

遅れて、講壇と正反対の壁に、向かい合って置かれているソファに気がついた。

「ここが応接室の役割を兼ねているんです」

小此木さんは苦笑を零して、奥から麦茶とグラスが載ったトレイを持ってきた。

「この近辺には教会がないので。多くの人が平日の仕事帰りにも訪れるんですよ。コロナ禍以降、人の繋がりを求める人が増えましたから」

小此木さんに勧められた麦茶を飲みつつ、改めて彼の様子を観察する。

パッと見た限りでは、品のいい青年のようにしか見えない。オジサンと呼ぶには若すぎるだろう。三十代半ばか。フレームの細い眼鏡の奥には、柔和なたれ目が覗いている。

黒スラックスとポロシャツという服装のせいか、司祭には見えない。

彼の人となりに興味を抱きつつ「南鶴詠歌と言います」と頭を下げた。

「あの、私のことはどこまで……」

「正直、最初は当惑しましたよ」

「当惑？」

「日下部さんからは『とある二人組がＳＩＮ君の事件を追っている』と聞いたんですがね。その少年の特徴が、どう考えても長谷川君だったので。彼、私との関係は伏せているのですね。とても失礼なことをアナタにしているようです」

「長谷川君とはどういう関係なんですか？」

「保護者のような立場です。彼は熱心なクリスチャンではないので日曜礼拝には参加されていません。信仰は強制できませんからね」

残念そうに首の後ろを撫でる小此木さん。

どうやら長谷川君はこの教会に縁があるらしいが、教会にはほとんど顔を出さないらしい。それが日下部さんと顔見知りではなかった理由か。

改めて二人の関係が気になったところで、彼は穏やかに微笑んだ。

「この教会は自立準備ホームも運営しているんです。ご存じですか？」

首を横に振ると、小此木さんは丁寧に説明してくれた。

いわく、刑務所や少年院から出てきた者に一時的な生活支援を行う施設らしい。刑務所や少年院から出てきた者には、身寄りがない人間も多い。中には、その日泊まる場所さえなく、生きるために再犯してしまう人間もいる。そんな行き場のない人間を受け入れ、生活を立て直すまで支援するのが自立準備ホームだそうだ。

小此木さんはここの三階で、そんな住人と同居しているらしい。

「……長谷川君は、ここで暮らしているんですか？」

私が尋ねると、小此木さんは「えぇ、一時期は」と肯定した。

「現在はすぐ裏手のアパートで一人暮らしをしています。今も頻繁に御飯を食べにくるので、完全な自立とは言い難いんですが」

「そうなんですか」

「かつてＳＩＮ君もここに暮らしていたんですよ。当時は、橘君という名前でしたが」

あっさりと告げられて驚愕する。ＳＩＮの本名――橘龍之介。

ネットでも出回っていない情報だ。

「喋っていいんですか？」

「さぁ。ただ、先ほど頼まれてしまったんです。『南鶴さんという方が訪れるそうです』と長谷川君に伝えたところ、彼から『自分の代わりに、全てを明かしてほしい』と」

「えぇ……」

「『きっと僕は信頼されないから』と意固地になっていて。彼と橘君は、互いを支え合ってきた兄弟のような関係です。その彼が頼んだ以上、私が隠す必要もないでしょう」

彼の口振りに、私は奇妙な違和感を抱いた。

しかし、それを言語化できる前に、小此木さんが薄く微笑み、背後を振り返った。

「ただ、これ以上は語らなくてもよさそうですね」

教会の入り口には、気まずそうな長谷川君が立っていた。微かに肩を縮こまらせているようにも見える。どうやら小此木さんが呼んでくれたらしい。

小此木さんは彼に近づき、腕の辺りを優しく叩いた。

「自身の口から語りなさい。そして、しっかり詫びるように」

長谷川君は小さく頷き、一度ちらりと私を見て、また玄関の外に歩いていった。外で話そう、と促しているようだ。

だが、私にはまだ小此木さんに聞きたいことがある。

「あ、あの！」腰を上げ、小此木さんの方を見つめる。「小此木さんから見た、橘君の印象を教えてくださいませんか？　彼は本当に自ら飛び降りるような方、でしたか？」

長谷川君とも話したいが、まずは彼にもインタビューを行いたい。

彼はいわば保護者として、ＳＩＮを見てきたはずだ。事件解明に繋がる手がかりを摑んでいてもおかしくはない。

小此木さんは考えこむように目を細めた。

「殉教者」

「はい？」

「龍之介君はとにかく生真面目な人でした」

告げられた言葉を消化しきれず、瞬きをする。

日下部さんからは、信徒に死を迫る教義はないと説明されている。けれども小此木さんの表現は、まるで厳格なルールに殺されたように解釈できる。

「南鶴さん。長谷川君のこと、よろしくお願いしますね」

小此木さんは、私が追求する前に言葉をかけてきた。

悲し気な笑みを浮かべて、教会の奥に消えていく。


教会は来客が多いから、と長谷川君は外に連れ出した理由を説明した。かといって炎天下を歩き回る気にもなれない。私は長谷川君の家を希望した。彼は顔をしかめて何度も拒否したが、私が疲労を訴えると、最終的には渋々といった表情で招いてくれた。案内してくれたのは1Kの小さなアパートだった。

部屋の中は、端的に言えばゴミ屋敷《やしき》だった。六畳の和室に、冷凍食品やインスタント食品のゴミが床を埋め尽くすほどに散乱している。布団は敷きっぱなし。嫌な予感がして少しめくってみると、布団の下から、押し潰されたビニール袋や紙箱が出てくる。

「まずは片付けかな」と言うと、長谷川君は「え」と嫌そうに呻いた。

とてもじゃないが、落ち着いて話せる環境ではない。

幸いゴミ以外の物も少ない。目につくもの全てをゴミ袋に詰め込むだけの作業で、三十分もかからなかった。布団を部屋の隅に畳み、私はその上に座り込む。

蟬《せみ》の鳴き声がよく聞こえてくる。近くに神社があるのだ、と長谷川君が教えてくれた。

一息ついた私は冷房の風を身体に当てる。その間、長谷川君は部屋の隅に腰を下ろしたまま、黙り込んでいた。

「一応聞きますね。どうやって僕が小此木先生と知り合いだって辿り着いたんですか？」

やがて長谷川君は天井を見上げながら呟いた。

私は近くの壁にもたれるように座りながら「マスカルポーネさんが君たちの過去を教えてくれた」と説明した。

長谷川君は「やっぱりか」と苦々しい表情で呟いた。

「アイツから変な視線を向けられ、ずっと嫌な予感があった」

「けれど、君が話してくれないかな？　ＳＩＮとの関係」

「最近も誰かに聞かれましたよ。すごく答えにくいんですが、一番簡潔に表せば、地元の先輩ですよ。ＳＩＮ——いや、龍之介とは」

諦めたように、ようやく彼は語ってくれた。

両親から虐待を受けていた自分は、やがて一個上の少年である橘龍之介に救われ、行動を共にするようになったこと。半グレの下っ端として強盗を繰り返していたこと。

その果てに喧嘩という形で人を殺め、逮捕され、施設に入っていたこと。

「出院後、小此木先生の勧めもあって、自立準備ホームで同居していました。龍之介はすぐに日雇いの仕事を請け負い、僕もバイトを始め、すぐに出ていきましたけどね。ほんの一時は、龍之介とこのアパートで同居していたんですよ」

長谷川君は小さく笑って、押し入れから写真を出してくれた。現像したのは一枚だけであるが、スマホにはもっと多くのデータがあるらしい。教会でクリスマスを祝っている光景か。ケーキを持った小此木さんの前で、二人が肩を組んで笑っている。

「龍之介はすぐに自立しました。芸能事務所にスカウトされ、仕事の都合上、東京に近い住居がよかったので引っ越しました。ご存じのとおり、彼が十六歳の時です。そこから彼も忙しくなっていって、次第に会うペースも減ってきて――」

口にするのさえ憚られるように、小さな間があった。

「……突然、あの日を迎えたんです」

「そうか。じゃあ、長谷川君はなにも知らないんだね」

「正直、なにも。龍之介――ＳＩＮの芸能生活は一切追っていなかったんですよ。アイツは『翔に見られんのは恥ずかしすぎる』って頑《かたく》なに言い張っていて」

「日下部さんもそんなこと言っていたね」

「だから最初は、裏切られたとさえ思った。彼が飛び降りる前日に、実は会っているんです。アイツは何も言わなかった。いつも通りの会話を交わしただけ。悩んでいた素振りは一切なかった」

裏切られた、という表現に、私は幼馴染の未遂事件を思い出した。

本人にその気はなくとも、残された側の痛みは人生を捻じ曲げるほどに鮮烈だ。胸の深い内を明かしてくれなかった虚しさ。自身が生きる世界丸ごと否定されたような喪失感。

被害者ぶるな、と叱責されるかもしれないが、他に代わりがない。

ずっと一緒に未来を歩めると思っていた。歩んでくれると期待していた。全てが叶わなかった、あまりにやりきれない感情。

「初めてＳＩＮとしての彼を観たのは、死から六日後です」

彼の唇が一瞬、固く結ばれた。

「見た瞬間、涙が止まらなくなりました。龍之介は必死に生きたんだなぁって」

だが、その感動が長谷川翔の身体を動かしたのだろう。絶望の底にいた彼を引っ張り上げたのは、皮肉にも生前の橘龍之介に漲《みなぎ》っていた、迸るほどの活力だった。

　──橘龍之介が亡くなった理由を知らなければ、死ぬに死ねない。

　真実を知りたい欲求だけが、彼を生き永らえさせている。

「二か月間、自力で調査したんです。ネットの情報だけじゃなくて、過去のインタビューも読み漁って。実は飛び降りたビルや芸能事務所の前も既に行ったことはあるんです。過去に彼が参加した舞台の劇団を訪ねたり、ロケ地を訪れたり」

　長谷川君が当時撮ったスマホの画像を見せながら説明してくれる。

　最後に繋がる言葉は分かったので、先に言うことにした。

「その結果──私の動画を見つけた、と」

「そういうことです」

　以降の説明は不要だった。彼は私にＤＭを送り、返信がなかったので居場所を特定した。その中で強盗と出くわし、そのまま私と調査を始める。

「なんだか複雑な気持ちだなぁ」

　話の整理を終えると、私は腕と足を同時に組んでいた。

　彼の事情には納得できるが、やはり騙されていたような感覚は否めない。

「ＳＩＮさんの過去を知っていたなら、早く教えてくれればよかったのに」

　長谷川君とＳＩＮの過去を知った今、なぜか「さん」付けしたくなった。

　長谷川君は不服そうに目を逸らす。

「おいそれと人に言えませんよ。龍之介自身の秘密ですし、僕たちの犯罪歴でもある」

「……それはそうなんだけどね」

「そうですね、言い訳でしたね。僕は、アナタにとても失礼なことをした」

長谷川君はすまなそうに一度頭を下げた。

「本当にごめんなさい。僕はアナタを利用し、騙したんです」

強い反省が込められた声で告げられ、怒りのぶつけ先を失ってしまう。

そもそも彼をボディガードとして調査を手伝わせたのは、私だ。彼は最初から悪意をもって積極的に騙したのではない。調査の協力を打診する私の誘いを断れず、そのまま素性を明かすタイミングを逸していたというのが妥当な真実か。

頭を下げている彼に許したと伝わるように、私は微笑んだ。

「とにかく分かったよ。じゃあ改めて、SINさんのルールと強盗を追おうか――」

「――強盗は空振りでした」

「はい？」

「強盗の正体は、門脇現場マネージャー。けれど彼はなにも知らなかった。『黒シャツ』とも異なるようです。動画に映っていた手首の印象も違った」

「ねぇ、ちょっと待って」

思わぬ報告に、私はすぐさま彼に頭を上げさせ、説明させる。

彼は淡々とSINのマネージャーの門脇という男とのやり取りを教えてくれた。SINと芸能事務所との間にあった諍いも驚きだが、それ以上に長谷川君自身の行動に愕然とする。

「直接、一人で会いに行ったの⁉」

「アナタを危険に巻き込む気はなかったので」

そう呟き、長谷川君はスマホの録音データを送ってくれた。終始、録音状態にして胸ポケットにスマホを忍ばせていたらしい。門脇さんの声がしっかり録音されている。

これ以上のない自白——彼を警察に突き出すには十分すぎるほどの情報だ。

昨晩、私と別れたあとに即尋問していたらしい。そういえば別れ際に『強盗は大丈夫』と言っていた。彼は犯人を確信していたのだ。

「警察に通報するか否かはお任せします」

長谷川君がそう話してくれたが、私はなんとも言えなかった。

かなりの恐怖を感じたので、憎しみもなくはないのだが、録音を聞いた限り、少なくとも二度と私を襲うことはないのだろう。門脇さんを罰しようという感情は湧いてこない。長谷川君が仕返しを果たしてくれたと納得していいかもしれない。

それ以上に気にするべき点があった。

「つまりSINさん——橘龍之介君は、自殺の疑いが濃厚なんだね」

私を襲った強盗は、脅迫の証拠を消したかったのではない。彼が気にしていたのは、動画に映っていたSINの通話の内容だ。

間接的殺人説――私たちがずっと疑っていた可能性は、一気に現実味を失ってしまった。

更に門脇マネージャーは、事件の詳細について知っていた。彼のスマホには彼の指紋しか残っておらず、飛び降りた屋上に繋がる階段には、彼の足跡しかなかった。ナイフを突きつけ、飛び降りるように迫ったような事実はない。

「あの動画に映っていた『黒シャツ』は、飛び降りの現場にはいなかった」

「もちろん、直前に飛び降りるよう脅迫を行っていた可能性はありますが」

「けれど、そんな根拠はどこにもない。彼の過去は弱みになりえるかもしれないけど、SINさんは過去を公表しても構わない立場だった」

「そうです。しかも、飛び降りた時、彼は一人だった。スマホに触ることもできた。誰かに相談する時間も、もっと長い遺言を残す余裕もたっぷりあったはずだ」

長谷川君が苦し気に肯定する。

「もしかしたら、本当に龍之介は自らの意志で飛び降りたのかもしれない」

口にした途端、彼は膝を抱え、そこに顔を埋めた。

表情は見えない。けれど、彼が吐き出した声は微かに震えていた。覚悟はすれど、受け入れがたい結論だったのだろう。

私はできる限りゆっくりと、彼の心を刺激しないよう尋ねた。

「誰かは特定できないの？　誹謗中傷していた人のアカウント」

「……門脇さんの説明だと、開示請求は無理だったそうです。本人が亡くなった以上、訴訟できるのは遺族のみ。そして龍之介の母親は、もう亡くなっている」

長谷川君いわく、橘龍之介の母親は彼が少年院にいた間に他界したらしい。元々、精神的に不安定で大量の風邪薬を飲んでオーバードーズする悪癖があったようだ。

「アカウントの特徴はないの？」

「アイコンはなし。ただ、龍之介の過去を仄めかしているだけ。現在は、削除済」

「SINさんの過去を知る者から絞ることは？」

「マスカルポーネのような奴まで知っていたんです。どこにいてもおかしくない。過去の半グレ関係者かもしれないし、龍之介の少年院時代に関わった人間かもしれない」

紡がれた諦念に、私も口を閉ざしてしまった。

少なくとも芸能事務所は、この一件を表沙汰にはしない決断を下したらしい。警察がマスコミにリークすれば、SINさんの名誉は大きく傷つけられる。誹謗中傷された過去ごと隠蔽し、闇に葬り去る結論を下したそうだ。

私のスマホを無理やり奪おうとした門脇マネージャーの行動はさすがに行き過ぎてい

るが、彼の根底にある願望は理解できる。SINさんと出演作を守りたい一心。

「……認めたくない」長谷川君がぽつりと呟いた。

「え」

「認めたら、きっと抗いきれないから」

膝に顔を埋めたままの声。

「死にたい。死にたくて仕方がない。けれど、同じくらいに僕は生きたいんですよ」

その声に確かな怯えを感じ取り、私は玄関に積まれたゴミ袋を見つめた。45リットル四個分に詰まっているのは、彼の苦悩そのもの。生きる気力を失った生活の果て。

マスカルポーネさんが取り上げた、シュナイドマンの著作は私も読んでいる。『自殺者の10の共通ルール』も知っている。『自殺に共通するのは、逃亡』──日常生活や社会生活からの逃亡の果てに、自殺がある。『生きたさと死にたさは共存する』──自殺志願者は、常に矛盾した願望を抱えている。その感情はどちらも真実だ。

今の長谷川君は、その共通ルールにぴったりと当てはまる。

生きたいのに生きられない──絶望からの逃避が、自殺なのだ。

私は先ほどゴミの中で埋もれていた本に視線を移した。中学生の問題集。何度も何度も繰り返し解いたらしく、ページの端には折り目がついている。

「……君は、もしかしてSINさんと競っていたの？」

そう溜め息と共に零すと、長谷川君は「競っていた？」と顔を上げた。

「日下部さんが言っていた。SINさんはずっと誰かを意識していたようだって」

「そうですか。小学校の勉強さえ、ままならない男同士のライバル関係ですが」

「君たちは、支え合っていたんだね。小此木さんも褒めていたよ」

「全く対等な関係じゃありませんよ」

長谷川君が呆れたように苦笑を零した。

「定時制高校だって、正直、まともに授業を受けられていないんです。昼間は掛け持ちしてるバイトで忙しいので、夜は眠たくて仕方がなくて」

私は、そもそも彼が定時制高校に通っている事実を初めて知った。

昼間は牛丼チェーン店でバイトし、夜間は定時制高校に通っているらしい。多忙ではあるが、ようやく得られた自立の道。辛いときは小此木さんやSINさんに相談しながら、高校卒業を目指しているようだ。

「不安になればなるほど、夜を過ごすのがしんどくて、寝れないまま朝になっている。あの事件が起きる前から、僕は常に、漠然と死にたさを抱えているんです」

彼は悔しそうに唇を嚙み締めた。

「龍之介の存在が、僕の生きる理由だった」

強盗を繰り返した非行少年が、一歩一歩立ち直ろうとしている。そんな過酷で険しい道のりを歩めたのは、SINさんのおかげなのだろう。

私は気になって、使い込まれた問題集を手に取った。私からしてみれば、見た瞬間に答えが分かるような簡単な問題ばかり。寝起きだって満点が取れる。彼が書き殴っているメモや書き直しの跡をじっと見つめ、そのまま元あった場所に戻した。

「調査を、続けよう」

他になんと言葉をかけていいのか、分からなかった。

「なんにせよ、『黒シャツ』はまだ突き止められていない。殺人の可能性がゼロになったわけじゃない。希望は、まだあるよ」

正直、望みは薄いかもしれない。

けれども、このまま放棄するのは、あまりにやりきれなかった。腹の奥で渦巻く不安を押し返すように、声を張る。

「……そうですね。ごめんなさい、少し弱気になっていたみたいです」

長谷川君がようやく笑みを浮かべてくれた。

私は胸を撫で下ろした。が、同時に、これ以上、調査の取っ掛かりがないことに気が付いた。会うべき人、訪ねる場所に、もう心当たりがない。

どうしたものか、と頭を捻っていると、長谷川君が立ち上がった。

「龍之介の『ルール』——アナタには、教えますよ」

突然の言葉に、私は「え？」と間抜けな声を出していた。

「知ってるの⁉　ＳＩＮさんのルール」

「当たり前じゃないですか。僕と龍之介は、ずっと一緒にいたんですから」

今更の真実を明かされ、開いた口が塞がらなかった。

無論、先ほど彼自身が説明したように彼としては言うに言えなかったのだろう。ようやく私を信頼に足る相手として認めてくれたようだ。

が、それでも釈然とせず、無言で睨みつける。

長谷川君は気まずそうに「……聞かれなかったから」と言い訳を零した。

◇◇◇

長谷川君が連れ出してくれた場所は、彼のアパートから徒歩で行ける範囲にあった。

年季の入ったビルの一階にあり、その古臭さを誤魔化すように、入り口には無数のファンシーな装飾が施されている。黒板にはデカデカと『子ども食堂』の文字。文字の周囲には、子どもたちが描いたらしい、可愛らしいイラストが貼られている。

「ここ……」

「既に訪れていましたよね」

最初、日下部さんに連れてこられた子ども食堂だった。

長谷川君はそこに躊躇なく入っていく。一度来た時は、私の背後に隠れるような立ち位置を取っていたが、今の彼にそんな所作はない。

「ごめんなさい、進藤さん。少しお邪魔しますね」

すると奥から返事が聞こえて、進藤さんが顔を出した。事務仕事でもしていたのか、今日はエプロン姿ではない。長袖のブラウスにジーンズという出で立ちだった。長谷川君に対して呆れるような笑みを零している。

「今日は、妙な演技をしていないのね。翔君」

もはや確認するまでもないが、一応尋ねる。

「お二人は知り合いだったんですか？」

「ええ。SIN君の友人として、何度か手伝いに来てくれたのよね」

あっさりと答えてみせる進藤さん。

そういえば、彼女は初めて子ども食堂を訪れた私をじっと見つめ『ん。アナタは――』と質問をぶつけてきた。なぜ「アナタたち」という複数形ではないのだろう、と違和感はあったのだが、あの時、初対面の人間は私だけだったからだろう。

私は「長谷川君。なんか私に言うことない？」と彼の肩を小突いた。長谷川君は「だから、さっき謝ったじゃないですか」と開き直ったように呟く。

進藤さんは不思議そうに瞬きをした。

「翔君がなぜか気まずそうにしていたから、すぐ奥に引っ込んだけれど。なにか込み入った事情があったの？　春奈ちゃんと知り合いだったっけ？」

春奈、とは日下部さんの名前。どうやら進藤さんは、あの日、かなり気を遣っていたらしい。距離が感じられたのは、長谷川君と私との関係を不審に思ったからのようだ。

今の進藤さんは初対面の時より、断然リラックスした笑顔を見せていた。「進藤瀬里《せり》と言います」とにこやかに自己紹介をしてくれる。

長谷川君は「突然、すみません。この前は事情も伝えられず」と頭を下げた。

「以前も伝えましたが、彼女は南鶴さん。SINの死を追っているんです」

「ええ、春奈ちゃんから事情は聞いた。大変な目に遭っているのね」

「良ければ、進藤さんから見た、彼について語ってくれませんか？」

進藤さんは「もちろん」とすぐ納得してくれたように頷いた。

今は、食堂に子どもたちの姿はなかった。だが、もうすぐ夜の仕込みを始める時間帯らしい。「少しだけなら」という条件付きで、彼女はテーブルについてくれた。

まず口火を切ったのは、長谷川君だった。

「SINは、ずっとこの子ども食堂に寄付を続けていたんです」

「え」

日下部さんからも聞いたことがない情報だったので、驚いた。

SINさんの寄付先は日本赤十字と聞いていたが、この子ども食堂も対象だったらしい。そういえば、日下部さんも『大半は赤十字』という言い方をしていたか。

「最初は椅子やテーブルを用意することさえ、ままならなかったの」

進藤さんがすまなそうに告げる。

「旦那からは強く反対されていてね。結局離婚して、全部、一人で始めなくちゃならなかった。そんな時に手伝ってくれたのがSIN君だった」

詳しく事情を聞いたところ、この子ども食堂が始まったのは二年前という。旦那の反対を押し切って始めた当時の彼女に収入はなく、行政からの補助金もまだ下りなかった。それでもやりたいと場所を借りた進藤さんを応援したのが、当時教会で知り合った少年だった。

当時のSINさんは芸能活動をほとんど始めていなかったはずだが、それでも寄付を行っていたらしい。地域の公民館からテーブルや椅子を譲り受けた際、長谷川君と共に運搬作業も手伝ったようだ。以降も食材の調達や調理も、裏で彼は手伝い続けた。芸能活動が忙しくなった後も、彼は寄付という形で食堂を支えたのだ。

「ねぇ、長谷川君」

私は小声で、隣の長谷川君に尋ねている。

「もしかして、これが——」

「——贖罪のために生きる。それが龍之介のルールだった」

彼もまた小声で明かしてくれた。

告げられた言葉で、ようやく全てが腑に落ちる気がした。

異常なほど仕事に執着したとされるＳＩＮさんの働き方も、それでいて寄付を繰り返す、あまりに極端な生き方も、全ては過去への悔いが根本にある。

「ＳＩＮ君は、よく語っていたよ」

進藤さんにも聞こえていたらしく、小さく笑った。

「『泥沼に嵌《はま》って、抜け出せなくなる人がいる。かつて純粋な後輩を沼に引き込んでしまったことを、オレはずっと後悔している』ってね」

思わず長谷川君の方に視線を投げてしまった。

彼はただ押し黙り、唇を嚙んでいた。嚙み締められた唇のあたりが白くなっている。

胸が苦しくなって私は彼から視線を外した。

「進藤さんは、彼の過去を知っているんですか？」

「あまり考えないようにしていた」

進藤さんは首を横に振る。

「過去なんて関係ない。きっと彼の理想は、私と一致していたから」

その言い分からして察していないわけではないようだ。例の教会には元非行少年たちも集っていたのだから、それが自然か。

彼女は、子ども食堂の入り口付近にある壁に視線をやった。

「私もね、闇に藻掻く子どもたちの居場所を作りたかったの」

初めて来た時も目に入ったが、壁には大量の写真が貼りつけられていた。たくさんの子どもたちが、食堂で料理を口に運んでいる写真。私たちとそう変わらない、中学生や高校生らしき姿も見られた。スプーンを咥《くわ》えながら楽し気にカレーを頬張っている写真。あるいは、テーブルで懸命に問題集に取り組んでいる写真。

――こんな居場所があったら、橘龍之介と長谷川翔は罪を犯さずに済んだのだろうか。

そんな単純な問題ではないだろう。けれど、決して否定はしきれない。強盗せずとも空腹を満たせる場所。相談できる頼れる大人が、常に待ってくれている環境。

橘龍之介は己の過去と向き合い、進藤瀬里の理想を共にした。

「進藤さんは、ずっとＳＩＮを見守ってくれましたよね」

ようやく長谷川君が口を開いた。目元には微かに涙が滲んでいる。

「頻繁に来ていたわけじゃないですけど、子ども食堂には、よくテレビがついていたのは知っています。彼が出演する、バラエティー番組が流れていた」

「毎日じゃないけどね。食事中にテレビ見るのは反対だし、ＳＩＮ君が嫌がるから」

昔に想いを馳《は》せるように、目を細める進藤さん。

私は一言断りを入れて、写真で埋め尽くされている壁のところに向かった。以前は日下部さんと長谷川君が揉《も》めたことで、ゆっくり眺められなかった。

多くは子どもたちが映っている日常の風景だが、中にはイベントごとらしき特別な写真も交じっている。クリスマス会や七夕、ハロウィン。その際は子ども食堂も飾り付けされるらしく、子どもたちと準備を行う平和な光景が捉えられている。

子どもたちの中央で笑っているのは、日下部さんと――ＳＩＮさんだった。

「長谷川君、いないじゃん」とつい関係ないことを指摘してみる。長谷川君は「……夜は学校があるので」と恥ずかしそうに口にした。どうやら彼が定時制高校に通っていることも、日下部さんと接点がなかった理由らしい。

イベントの写真には『祝・ドラマ出演』という垂れ幕が掲げられているものがあった。

「本人は嫌がったけど、一応やっておかないとね」

進藤さんがすまなそうに笑みを零した。

「しばらく彼、拗《す》ねちゃったけどね。知人に見られるのは、本当に嫌いみたいで」

「でも、必要なことだと思います」

「そうね。デビューする時、何時間も彼の相談にのっていたんだもの。これくらいはさせてくれないとね」

私に並ぶように、壁に近づいた進藤さんが苦笑を零した。

「この壁を写真で飾ったのはSIN君だから、本心では喜んでくれたのかな」

きっと忙しい合間を縫って、手伝いに来ていたのだろう。

写真は数百枚以上ある。イベントごとに綺麗に整理され、小さな子どもにも見やすいように、足元にも貼られていた。カラフルなマスキングテープが何種類も使われているので、相当な時間がかかったはずだ。

縁にテープが剝がされた跡のある写真を見つけた。もしかしたら彼は定期的に、この写真を更新していたのかもしれない。さすがに写真をずっと増やし続けることはできない。過去には剝がした写真もあるだろう。

彼の子ども食堂に対する思い入れを感じ取っていると、一枚、奇妙な写真を見つけた。上隅のかなり見づらい箇所に、他の写真に埋もれるようにして、子ども食堂の様子とは異なる写真がある。どこかの旅行の風景かもしれない。海が見える離島で、一人の少年が微笑んでいるように見える。

「あの写真は？」

私が指を指すと、隣の長谷川君が息を吞んだ。

彼も初めて見つけたらしい。すぐに食堂の椅子を持ってきて、壁の前に置いた。椅子にのぼらないと見えない位置に写真はある。

写真を剝がした長谷川君は「やっぱり……」と声を漏らした。

「この写真——千賀真司さんだ」

私は初めて聞く名前だったが、彼の表情からして察しがついた。

——かつて橘龍之介が誤って殺してしまった少年。

彼は遺族から写真を譲り受けていたのだろう。長谷川君が手にしているのは、どう見ても家族旅行のワンシーンだった。

青く広がる海を前にして、朗らかなピースサインをしている短髪の少年。

「……アイツは本当に片時も忘れなかったんだな」

長谷川君の声は震えていた。

「どこまでもルールに忠実な男だったんだよ」

私は改めて、写真が貼られていた場所を見上げた。

こっそり隠していたとも言えるし、食堂全てを見守るような位置ともいえる。贖罪のために生きるＳＩＮさんは、ずっと彼に見張っていてほしかったのだろう。

進藤さんも気づいていなかったのか、口元を手で押さえている。

私は改めてＳＩＮさんの覚悟を感じながら、一層混乱していた。壁に貼られているのは、彼の原点のような悔恨と、一歩一歩理想に向けて歩いてきた足跡。写真の中で笑っている彼を見つめるたびに疑問が募っていく。

彼は己の理想のために、贖罪というルールに縛られて生きてきた。
ならば——そのルールがなぜ彼を殺す結果になったのだろうか。

◇◇◇

最後に長谷川君が案内してくれたのは、バスで移動した先にある川沿いの道だった。夏の強い日差しを浴びて、エノコログサやメヒシバが生い茂っている。背の高いイネ科植物の隙間から、夕陽に輝いている川が見えた。ゆったりと東京湾へ流れていく一級河川。下流の方には連なるタワーマンションがぼんやりと見えた。

既に夕暮れ時になっていた。幸い昼間の暑さは引いている。川沿いの小さな道は、オレンジに染め上げられ、近くのバス停が夕陽を反射して煌めいていた。

「この川で龍之介は、誓ったんですよ」

長谷川君が懐かしそうに目を細めながら語ってくれた。

「千賀真司さんの両親に謝った日の帰りです。彼は、贖罪のルールを宣言したんです」

彼は夕焼けに輝いている川面の方に顔を向けている。

その先にSINさんの姿を見据えているのか、じっと川の輝きに目を奪われている。

私も同じように見つめ、彼が見ようとしているものを探した。

やがて長谷川君は、当時のSINさんについて語ってくれた。被害者への謝罪を自身だけで背負い、一人、頭を下げにいった覚悟。それでも怯え、震えていた身体。被害者の家から出た時に号泣していた顔と、月に吠《ほ》えるように発したルール。

日本中のファンが知らない、SINさんの一面だった。

「千賀真司君は、どんな人だったの？」

「僕は、彼の両親とは会っていないので、龍之介から聞いた情報しか知りません。龍之介が聞いた話では、千賀真司君は、真面目な少年だったそうですよ」

長谷川君が再び川の方に視線を向ける。

「無遅刻無欠席で中学や高校生活をこなしてきたような子です。少々、情が厚すぎることが欠点ですね。親の暴力に耐えかねて家出した幼馴染のために法を犯し、共に闇バイトに励んでしまった。僕や龍之介のように、二人で笑い合う夜もあったんでしょうね」

スマホ一つで繋がれてしまうのが闇バイトだ。『高収入・健全』など都合のいい触れ込みで募集をかけ、個人情報を奪い、簡単な犯罪から手を染めさせる。一度罪に手を染めれば、指示役に弱味を握られる。逮捕されるまで使いつぶされる。

長谷川君たちのような下っ端同士で奪い合い、時に命を散らしていく。

だから橘龍之介は、進藤瀬里が運営する子ども食堂に寄付を始めた。

素晴らしい美談だと思う。俳優として金を稼ぎ、多額の寄付を行い、進藤瀬里と子ども食堂を盛り立てた。

だが、それゆえに疑問が強まる。

彼はルール通りに贖罪を果たしていた。なぜ今になって百八十度、行動を翻すのか。

「その全てを放り投げちゃうほど、『黒シャツ』から脅迫を受けていたのかな」

殺人説を信じるならば、そう推理することになる。

たとえ真相が自殺であろうと、大きな疑問が残ることには変わりない。彼は仕事もプライベートも順調だった。門脇マネージャーいわく、誹謗中傷に苦しんでいたようだが、彼は屈していなかった。過去は公表しても構わない、と堂々とした態度を貫いてみせた。

「放り投げてはいませんよ」

長谷川君が、不服そうに顔をしかめる。

「言ったでしょう？　実は、アイツが飛び降りる前日、会っているんです」

「あぁ、そうだったね。詳しく教えて？」

「詳しくも何も語れることはありませんよ。数か月ぶりに連絡があったという以外、前兆らしい前兆は皆無でした。ただ、アイツは贖罪を続ける意志を見せていた」

長谷川君が煌めく川面をじっと見つめた。

「龍之介はルールを全うしたんですよ、きっと。あの遺言の通り」

まるで川の先に、SINさんが見えているような瞳。

私も自然と、川の方に視線を移していた。

「だとしたら」

続きを言うのには、勇気が要った。

「やっぱりSINさんは、自殺したことになっちゃわない？」

その行動は、やはり自らの死を予期していたような行動だ。

自らの信念を告げ、飛び降りる寸前にも、それを宣言していたならば、全てが彼の意志通りに感じられる。『黒シャツ』が殺したという仮定は、やはり無理がある。

長谷川君の顔が泣きそうなほどに歪む。

今の彼が抱える感情は、私にも痛いほど理解できたので、同じように目頭が熱くなる。

他人が自ら消える時、自身がいる世界ごと否定されたような錯覚に陥る。たとえエゴだろうと、その傷は痛烈で癒えることはない。誰かの生きる理由になれなくても、死なない理由ではありたい。そんな願望さえ、死にゆく者は傲慢だと嘲笑《あざわら》うだろうか。

長谷川君は一度目元を拭って、笑いかけてきた。

「その時は、死にゆく僕を、撮影してくれますか？」

交わした約束を思い出し、私は下腹部を圧迫されたような鈍痛を抱える。

死にゆく人の心を見たくて、そう提案したのは私だった。けれども、すぐに返答できない。今の私は、彼のことをあまりに知りすぎている。

言葉を失った私に、長谷川君は「誰かに撮られたい気分なんです」と伝えてくる。川下から上る風が、彼の長い髪を揺らしていた。

吹かれる彼の髪を見ているうちに、私の覚悟は定まった。

「最後に足掻きたい」

実を言えば、ずっと頭の片隅にアイデアがあった。

倫理的問題があり、口にすることさえ憚《はばか》られる発想。

「私の動画を、拡散しよう」

「え？」

「マスカルポーネさんに頼んで取り上げてもらおう。大々的に視聴者を集めて、全員に『黒シャツ』を見てもらおう」

彼は私が所持している、動画の元データを欲していた。

交渉次第では、協力してくれるかもしれない。

「あの日、事件近くのビルで火災が起きていた。大量の野次馬がスマホのカメラを向けていた。ＳＮＳにアップしていない動画も山ほどあるはず。それを集めよう」

長谷川君や門脇マネージャーが、私の動画チャンネルにたどり着けたのは、この火事が要因だ。ＳＩＮさんが映っていないかを追い求める中で、私の動画が再生された。それだけ火事の様子は、SNSに投稿されている。撮影しただけで投稿していない者も多くいるだろう。いわば民間の監視カメラ。

こんな調査方法、警察も行えないに違いない。

もちろん門脇さんが危惧した通り、SINさんの過去が明らかになるリスクもある。けれども、『黒シャツ』に辿り着くための、他の手段は思いつかなかった。

「…………」

長谷川君はしばらく考え込むような沈黙を見せていた。

やはりマスカルポーネさんと手を組むのは躊躇があるのだろうか。そう考えていると、彼は一度髪をかきあげ「不十分です」と短く否定した。

「動画を集めるなら、もっと話題になる情報も広めましょう。SINの過去とか」

「……いいの？」

「よくないですよ。けど、どうせマスカルポーネは晒すでしょうね。それに、龍之介自身も構わないという立場だった」

彼は大きく深呼吸をした。そして再び川面に視線を移し、もう一度、私を見つめる。

「僕が、SINの過去を知る証人として、生配信に出演します」

強い覚悟が定まった瞳に、提案したはずの私がたじろいでいた。初対面の時の優し気な瞳とはまるで印象が異なる、秘めた決意を感じる漆黒。

想定以上の返答だったが、私も彼の提案を断るわけにはいかない。

「分かった、彼に連絡を取る」と告げ、私たちはすぐ河原から移動した。

◇◇◇

電話先のマスカルポーネさんは、すぐに食いついてくれた。

《いい儲け話だ、クソガキカップル。いいだろう、今晩の生配信の内容は差し替えだ》

タクシー代は出してくれるというので、急いで彼の事務所に向かった。

ソファに向き合って、細かい打ち合わせを始めていく。

長谷川君は『過去の殺人までは明かせない』と強く念を押した。千賀真司君の遺族に迷惑をかけてしまうかもしれない。マスカルポーネさんは同意してくれた。『半グレの過去』と『何者かに仄めかされていた点』のみを証言すればいい、と。

夜八時から緊急生配信を始め、夜九時にＳＩＮさんの過去を明らかにする。

証人は、長谷川翔。特別ゲストとして出演する。

事務所にいたレイナさんは終始「やめときなよ」と制止していた。しかし、長谷川君の意志は固い。私も不安がないわけではないが。

「安心しろ。最大限、情報提供者は守る」

しかめっ面のレイナさんを、マスカルポーネさんが諭した。

「未成年のガキを世間に晒しはしねぇよ。擦りガラス越しに姿は映すが、基本は匿名。ボイスチェンジャーも使用していい」

「それでも嗅ぎつける人は現れるでしょ？」

レイナさんの懸念はもっともだった。

SINさんの過去を知る者が現れたならば、週刊誌やテレビ局の記者は放っておかないだろう。あるいはネットの悪意ある者が、喋り方や身振りの癖を元に調べ始める。

長谷川君は「覚悟の上です」と頷いていた。

「だ、そうだ。心配なら、着替えでも見繕ってやれ」

マスカルポーネさんは肩を竦めた。

「姿は映さんが、念には念だ。地味なファストファッションでも着ておけ」

レイナさんはまだなにか言いたげだったが、やがて長谷川君と服を買いに出た。

長谷川君が去った事務所でマスカルポーネさんは「楽しみだな、南鶴」とタブレットで宅配のイタリアンのメニューを見ながら、話しかけてきた。

「たった今SNSで告知もしたが、反応は上々だ。目指すは、同時視聴五十万人超え。伝説の日になるかもしれない」

「私は正直、生配信には反対です。内容が内容だけに慎重を期した方がいいのでは？」

「今更何言ってんだ。生配信を希望したのは長谷川だ。動画提供を呼びかけるんなら、センセーショナルな方がいい」

マスカルポーネさんは画面に表示されたピッツァをじっと見つめている。

まるで他人事のような態度は、やはり私と相容れない。

「ウェルテル効果について、自身で言及しましたよね？」

「突然なんだ？」

「こういう自殺に関する発信が、別の自殺を生んでしまうんです。アナタたちみたいに話題性ばかり重視してセンセーショナルに取り上げる人がいるから」

彼はその原因さえもＳＩＮさんだと言わんばかりに『死神』と嘲ったが、インフルエンサーの彼自身も加担者に他ならない。責任逃れのような彼の言動はとにかく癪に障る。

マスカルポーネさんはつまらなそうに睨み返してきた。

「自殺スポットばかりを撮影していたお前が言うのか？」

「……気づいていたんですか。けど、それは――」

「そうだな。お前は上書きしようとしていたんだからな。自殺スポットの情報を」

指摘され、言葉を失う。

誰かに見抜かれるのは初めてだった。

「絶望に駆られた人間の焦燥感の緩和は、シュナイドマンも重要視していたな。気休め程度にはなるかもな。自殺のスポットを求めて、ハッシュタグで地名を検索した時、出てくるのは間抜けなスイーツ動画なんだからな」

その通りだった。だから、私の動画には必ずスイーツが映っている。視聴者に提供するのは、美しい甘味を食べる、一日一日のささやかな幸せの映像。

——ここは美しい風景を堪能し、小さな幸福を味わえるスポット。

どれだけ些細な一時しのぎであっても、私はそんな発信をやめられなかった。

「随分と回りくどい話だがな」

マスカルポーネさんは口の端を歪めるように笑った。

「ウェルテル効果を知っているなら、パパゲーノ効果も知っているだろう？」

自身の底を見抜かれたような、気恥ずかしさがせりあがる。

SINさんの件でウェルテル効果は有名になったが、当然、逆もある。自殺を踏みとどまったエピソード等をマスコミが発信することで、自殺者は低下するという学説だ。

絶望の発信が新たな絶望を生むように、希望の発信は新たな希望を生む。

けれど、私の動画にそんな綺麗事のような夢想などなかった。あるのは、彼の言う通り気休め。自殺スポットとされている場所の情報に、ノイズを混ぜるだけ。

「……信じられないんです。本当に死にたい人の哀しみはそんな浅くないというか」

「他人にケチつける割には、自信がないのか」マスカルポーネさんがせせら笑う。

「それは……」

「俺たちは常に祈りを発信している。そうだろう？」

マスカルポーネさんは呆れるように息を吐き、再び視線をタブレットに戻した。

「お前らにどれだけ貶《けな》されようとも、俺の動画で救われる者はいる」

それ以上の会話を打ち切るように、彼は大量のピザを注文した。私からの批難など、まるで意に介さないように鼻歌を口ずさんで。

祈り、と彼が口にしたとは思えない単語を、私は胸の内で反芻する。

本当の私は一体なにを撮りたかったんだろう、とそんな問いが頭に過った。

◇◇◇

夜八時、マスカルポーネさんの緊急生配信が始まった。

撮影は事務所内で行われた。彼がずっと座っているソファがそのままスタジオ代わりになっているらしい。顔半分を隠すような大きな仮面をつけ、上機嫌にコーラを飲みながらカメラに向かい、手を振っている。

私はレイナさんと一緒に、事務所の片隅に身を寄せ、スマホで生配信を見ていた。

同時視聴の数を示す数字は、開始とほとんど同時に一万人を超え、画面を更新するたびに続々と数が増えている。流れるコメントは早すぎて、もはやほとんど読めない。

「やぁ、下世話な好奇心に溺れる衆愚ども。今日は特大のネタを仕込んできた。チャンネル登録ボタンを押してから、ぜひ楽しんでいってくれ」

マスカルポーネさんは、ソファの隣にいる長谷川君の肩を叩く。

「俺の隣には、特別ゲストがいる。同時視聴が十万人を超えたら紹介しよう」

生配信の画面を確認する。

映っているのは、擦りガラスの衝立《ついたて》を通して、辛うじて人だと分かるくらいの影。ちらりと配信の現場を見れば、ソファに行儀よく座っている長谷川君の姿が確認できる。

彼の前には、専用のマイクが置かれていた。

マスカルポーネさんの生配信は素人目にも巧みだった。情報をうまく小出しにして焦《じ》らしつつ、時に、全く無関係の視聴者からの悩み相談を交えつつ、同時視聴者の数を順調に増やしていた。あっという間に同時視聴数は十万人を超え、マスカルポーネさんは長谷川君を紹介し始める。モザイク加工が施された、長谷川君とＳＩＮさんの仲良さげな画像も公開された。ＳＩＮの過去を知る者の登場に、動画には大量のコメントが飛び交う。ＳＮＳではもうトレンド入りを果たしている。

やがてマスカルポーネさんが満を持して、私の動画を公開した。

生配信は今日一番の盛り上がりを見せ、コメント欄に意味のない叫び声が連なる。動画は何度も再生され、最後、誰かと出会っている素振りのSINさんが強調された。

緊張に息を呑みながら、私はぐっと拳を握りしめていた。

「これで『黒シャツ』の情報が集まればいいんですけどね」

生配信の邪魔にならぬよう小声で呟くと、隣でじっと様子を窺っていたレイナさんが「ワタシは今すぐにでも中止させたい」と不服そうに息を吐いた。

彼女はずっと長谷川君の出演に苦言を呈している。

配信の盛り上がりと反比例するように、彼女の表情は暗くなっていった。

不安には私も同意するが、始まった以上は仕方がないと感じている。「どうしてですか？」と私が小声で尋ねると、レイナさんが「さっきさ、翔君と会話したんだよね」と同じく小声で説明してくれる。

生配信用の服を買いに行った時のようだ。彼女はしつこく「本当にいいのか？」と長谷川君に確認したらしい。未成年がマスカルポーネさんの生配信に出演するリスクを滾々《こんこん》と説いたらしい。本当に面倒見のいい人だ。

「彼さ、単純に事件の真相を知りたいだけじゃないんだよ」

「そうなんですか？」

「――『SINを「死神」扱いされたくないから』、そう強く言っていたから」

その感情自体は、私も以前に聞かされていた。

マスカルポーネさんに『死神』と揶揄されて、激高した姿を私も見ている。橘龍之介と共に生きてきた彼にとってみれば、自殺後に誇られる現実は許せないはずだ。

「おかしくありませんよ。だから私たちは、自殺ではなく殺人だと証明するために真実を追っているんです。彼を自殺者のシンボルにさせないために」

「じゃあ、証明できなかったら？　自殺の可能性は否定しきれないんでしょ？」

「それは……」

「長谷川君はそれを理解していないんだよ。だから危険をおかし過ぎちゃう」

レイナさんの言葉は、大人として真っ当すぎて否定しきれなかった。

純粋に私たちを心配しているだけに、反発もできない。つい視線を落としてしまう。

「あるいは」レイナさんが口にした。「別に証明できなくてもいい、と思っているか」

発言の意図をすぐに読み取れなかった。

だが、薄《うっす》らとした肌寒さを感じ取る。

脳裏に流れたのは、河原で見せた強い覚悟が込められた瞳。

死にたさと生きたさが入り混じった、彼の信念。目的のためならば、嘘をつくこともいとわない強《したた》かさと、強盗を一人で制圧するような思い切りの良さ。

せり上がってくる嫌な予感に身を震わせていると、突如、ソファの方から「おい、なにをやっている!?」と怒号が聞こえてきた。

マスカルポーネさんがソファから立ち上がり、強く怒鳴っている。

慌てて視線を向けた時、私は信じられない光景を見た。

長谷川君が——衝立を押し倒し、カメラの前に立っている。

肩を掴み、制止するマスカルポーネさんを物ともせず、カメラにあの優し気な視線を向けていた。ボイスチェンジャー用のマイクは、テーブルから落下している。

《初めまして、皆さん。長谷川翔と言います。僕は、一つの真実を告げに来ました》

本名を名乗った彼は、静かな笑みを浮かべていた。

とっさに生配信の画面に視線を落とす。同時接続数は三十万人を超えていた。

《SINの死因は、自殺じゃありません。脅迫の末に殺されたんです》

長谷川翔は真っ直ぐカメラを見つめている。

《——僕です。僕が、「過去を晒されたくなければ、飛び降りろ」と迫ったんです》

三十万を超える視聴者の前で、自身の罪を告白する。

レイナさんの言う通り、彼はリスクヘッジを考えていた。

つまり、ＳＩＮさんの件が「殺人」だと証明しきれなかったとしても、二度と彼を『死神』と呼ばせないために。

――長谷川翔は自身が殺人犯だと名乗ることで、事件を終わらせようとしている。

私の指先は震えていた。一体、なにが彼をここまで追い込んでいるのかを察して。

最悪、死ねばいい。

振り払えない希死念慮が彼を暴走に駆り立てている。

6章

最後に僕と龍之介が出会ったのは、嘘みたいに快晴の朝だった。

梅雨が訪れる前の六月に、真っ青な空が一面に広がっている。朝六時といえど、既に汗ばむような気温。雲一つない東の空には眩い太陽が昇ってきており、噴水がある公園で待ち受けている龍之介を照らしている。

東京都内にある大きな公園に、突如、龍之介から呼び出されたのだ。

遠くにジョギングに励む人たちが見えるが、周囲には一切の人影はない。名所である噴水も水が止まっており、そこに腰かける龍之介に気づく者はいなかった。

明日死ぬ男が指定したとは思えないほど、健全な朝だったと思う。

「翔、久しぶり」

二か月ぶりに会う彼は、いつもと変わらない笑顔を向けてくる。少し疲れているようにも見えたが、それを覆いつくすほどに気持ちのいい陽気さだ。

「どうしたんだよ、龍之介。珍しいな、こんな時間に」

「仕方ねぇだろ。翔が全然、進藤さんの食堂に来ないんだもん」

「何度も言ってるけど、平日の夜は定時制高校に通ってるんだって」

「じゃあ朝しかないよな。オレも今日、これから近くで撮影なんだ」

「通勤途中かよ」

普段通りの軽口を交わして、龍之介は「朝ごはん」と笑って、手にしていたビニール袋を掲げた。事前にコンビニで購入してきてくれたらしい。

鮭《さけ》とツナマヨを受け取ったところで、僕は彼の隣に腰を下ろした。

「あいにく龍之介と違って、特別な才能はないんだ」

おにぎりのフィルムを剥がしつつ、空を仰ぐ。

「僕は、僕の方法を必死に見つけなきゃいけない。僕たちのルールを遂行するために」

子ども食堂に寄付を行う龍之介は、あまりに立派過ぎる。

だが、現状の僕には逆立ちしたって同じことはできない。昼間は飲食店でバイトし、生活費を稼ぐだけで精一杯。夜間は通学に費やしている。それだって満足に行えているとは言い難い。バイト先で叱責されるのは日常茶飯事。

龍之介は「お前まで背負う必要はないんだけどな」とすまなそうに呟いた。昆布のおにぎりを食べることなく、フィルムを指先で弄んでいる。

「ま、翔の人生だしな。口出しすることじゃねぇか」

「そういうこと。僕の勝手だ」

「けどオレは、翔に特別な才能がない、なんて思ったことないよ」

秒で口出ししてんじゃねぇか、とツッコむ気持ちより、呆然が上回った。

今や日本中から注目されている男に、突然褒められると思わなかった。

「案外、翔の方が、俳優の才能があるかも」

龍之介はなんてことないように口にして、ようやくおにぎりのフィルムを剝がし始めた。変なところで不器用な彼は、上手に海苔《のり》を巻けずに苦戦している。半分以上の海苔をフィルムの中に残して、げんなりと顔をしかめた。

僕はそんな彼の細やかな敗北を、不思議な心地で眺めていた。

「なにを言っているんだ？　売れっ子俳優が」

「言っとくけど、オレ、演技自体はあんまり褒められてねぇよ？　よく批評家から『空っぽ』って酷評されている。顔がいいだけ」

「外野の言うことなんて放っておけよ」

「自覚はあるんだ。だから知り合いには見られたくないんだよ」

龍之介が、頑なに知り合いに出演作品の鑑賞を禁じている理由を初めて知った。残念ながら彼の周囲は、それを本気にせず、当然のように観ているようだが。

「いつか見てみたいな。どんな風に撮られるんだろう、翔は」

龍之介は口元にご飯粒をつけて、楽し気に笑っている。

「最近、カメラ向けられるたびに思うんだ。翔なら、もっと違う演技をするんだろうなって。よく分かんねぇけど、もっと複雑で入りくんだ感情を滲ませられる気がするんだ」

「なんだ、それ」

「さぁ？　オレにもよく分からん」

「……もしかして悩みでもあるのか？」

彼の発言が常に適当なのは今に始まった話ではないが、妙な含みが感じられた。

わざわざ早朝の公園に僕を呼び出し、そんな世迷言《よまいごと》を伝えてくる龍之介。とにかくマイペースで自己本位な部分はあるが、ここまでよく分からない行動は珍しい。

「真逆」

龍之介は口元のご飯粒を拭い、優しく微笑んだ。

「今日、撮り終える映画、自分自身の最高傑作になりそうなんだ」

彼が仕事について僕に語るのは初めてだった。

遠回しに『これだけは観ろ』と言っているのかもしれない。

「どんな映画なんだ？　話せる範囲でいいから」

「コメディだよ。最高に底抜けで、げらげら声出して笑えるような映画」

意外なジャンルに目を丸くした。

もちろん、コメディが悪いわけではないが、主演デビュー作品は泣ける感動作と聞いていたので、ついシリアスな内容を連想してしまったのだ。

そんな僕の内心を見透かしたように、龍之介は口の端をにんまりと持ち上げた。

「日本中を笑顔にしたいんだ。絶望の底にいる人も——それがオレのルールだから」

その快活な表情に、僕は不思議な感覚に襲われていた。懐かしさと驚きの共存。

かつて強盗を繰り返した夜も、彼は常に僕に対してにこやかな笑顔を見せてくれた。その時と似ているけれども、まるで異なる。「天使」と表現するには、人間臭い。なのに自然と明るくなり、素直な応援の情が溢れてくる。

過去を悔い、贖罪のために生きる少年。

なんだか彼が遠いところに行ってしまったような気がして、妙に寂しかった。

「やっぱり僕は、龍之介にはなれそうにないよ」

敵《かな》わない気持ちで呟くと、龍之介は「ならなくていいんだよ」と微笑んだ。

以降の会話は、もう思い出せない。

とにかく普段通りで特別感のない。ずっと失わないと思っていた一時だったから。

◇◇◇

生配信で独断行動を果たしながら、僕の脳裏にあったのは彼との会話。

マスカルポーネの怒号など気にならない。画面に映っている同時接続数三十万という数字に、なにも感慨は湧かない。胸にあるのは、ただの義務感だった。

本当に仕方がない——龍之介は、バカなのだ。

認めなくてはならない。マスカルポーネの言葉は一理ある。自身の影響力を、過小評価しすぎていた。どんな事情があろうと、たとえ脅迫されようと、彼は飛び降りてはならなかった。のちに生まれてしまった悲劇の連鎖を考えれば。

彼が『ウェルテル効果』なんて単語を知っていたはずもない。きっとこの混乱を予見できていれば、彼はこんな選択を控えたはずだ。

だから、僕がフォローしなくてはならない。

繰り返される自殺の連鎖を終わらせる。日本中を笑顔で満たしたかったアイツの望みとは、真逆の結末を覆す。自殺ではなく『殺人』だと言い張り続ける。

たとえ『黒シャツ』に辿り着けなくても、それだけは果たさねばならない。

そのためなら、僕の人生などどうでもいいのだ。

——橘龍之介が叶えたかった未来を実現させる。

あの冬の川で龍之介が誓ったように、僕もまたルールを胸に刻んでいる。

７章

「やってくれたな!!　中止だ、中止!!」

マスカルポーネさんは生配信を無理やり中断した。

長谷川君に予定外の告白をされた後も、何度か軌道修正を試みていたが、最後にはお手上げだったようだ。『とんでもないことになってきた！　暴露系配信者の矜持《きょうじ》に反するが、さすがにお手上げだ!!』と言い訳めいた言葉を漏らし、配信を停止する。

私の目の前に置かれたスマホの画面に『配信終了』という文字が表示される。

ほぼ同時にマスカルポーネさんはソファから立ち上がり「ふっざけんじゃねぇ!!」と苛立たし気にテーブルを蹴り飛ばした。

「未成年の顔出し犯罪告白なんざ配信できるか!!　なに考えてんだ!?　垢ＢＡＮ喰らったら、こっちは終わりなんだぞ!?」

さすがの暴露系配信者であろうと、守らねばならないラインはあるようだ。

強く舌打ちをして、険しい眼差しを長谷川君に向けている。

「長谷川君……」

私もまた、彼の暴走に思考がついていけなかった。

まるで後先を考えていない行動には、彼の希死念慮が透けて見える気がした。ゴミに埋もれた部屋を思い出す。生きることへの希薄さからくる、あまりに投げやりな行動。

今の彼は脱力しきったようにソファにもたれている。

「アナタの意見は一部、正しいんです」

やがてぽつりと呟き、マスカルポーネさんが「なんだよ」と睨みつける。

「SINは——龍之介はやっぱり間違えてたんです。事情があったにせよ、自ら命を絶つべきじゃなかった。彼の影響力を考えれば」

まるで独り言のように呟かれる。

「アイツは、誰よりも日本中を笑顔で満たしたかったのに」

私の隣でレイナさんが小さな呻き声を漏らした。

彼女は、私よりも先に長谷川君の行動を予見していた。本来、私が果たすべき役割だっただけに、悔しさが胸の奥からこみ上げる。

マスカルポーネさんも全てを察したように、頭の後ろを苛立たし気に掻いた。

「お前、このまま全ての罪を背負うつもりかよ」

「真犯人が見つからなければ、それでいいです」

「警察は、信頼しねぇだろうよ。世間だってどこまで騙されてくれるかどうか」

「けど、完全には否定しきれないはず。あの『黒シャツ』が僕ではない、と否定できる人間なんて、『黒シャツ』以外に存在しないんですから」

疑い深いマスカルポーネさんと違って、私は世間が信じるのではないか、と恐れていた。

なぜならＳＩＮさんと長谷川翔の関係は、生配信で仔細に語られている。多くの写真と、具体的なエピソードとともに明かされ、長谷川翔の証言の信ぴょう性は限りなく高い。二人が共に強盗を行っていた事実も既に公開されていた。

社会は、長谷川翔こそがＳＩＮさんを殺した黒幕と認識するはずだ。

「これでウェルテル効果なんて消えてくれますかね？　僕たちが辿り着く先がどんな結末であれ、世間は『自殺』じゃなく『殺人』と信じてくれるはず」

顔を上げ、やり切ったような表情を見せる長谷川君。

「龍之介のせいで、誰かが死ぬなんて――あってはならないんだ」

その現実を書き換えるためだけに、自身の人生を犠牲にしたのか。

自嘲気味に彼が笑った時、廊下の方から響いてきた音で呟きが遮られた。

足音だ。威圧的に早足で近づいてくる。

私が思わず身を竦ませると、マスカルポーネさんが「警察だろうな」と呟いた。

「視聴者が通報したんだろう。お説教だけで済めば楽なんだがな」

突如、SINさんの自殺に関わったと語る少年が現れたのだ。対応が早いのは、SINさんの社会的影響力が理由だろう。

「俺も同行する。レイナ、後は任せた」

マスカルポーネさんはテーブルのタブレット端末を摑んだ。

「どっかのバカのせいで、生配信は大盛り上がりだ。動画は続々と集まっている。かたっぱしから確認していけば『黒シャツ』が映っているかもしれない」

レイナさんは頷き、タブレット端末を受け取った。

先んじて事務所から出たマスカルポーネさんに続くように、長谷川君も歩き始めた。

私はどんな言葉をかけていいかも分からず、立ち尽くす。

「南鶴」私の前を横切る際、彼はすまなそうに頭を下げた。「勝手なことしてばかりで、ごめん。けど約束は守ってほしい」

長谷川君はそのまま事務所から立ち去る。

扉が閉まり、静寂が生まれた際、レイナさんが不安そうな面持ちで首を傾げた。

「約束ってなに？」

「彼、SINさんの真相が殺人だと証明できなかったら、命を絶つ気なんです」

レイナさんが目を見開いた。

つまり彼は自殺する準備を進めている。仮に『黒シャツ』の正体を突き止められなかった時は、自身が罪を背負ったまま死のうとしている。

「私が、間違えていたんです。本当に撮りたい対象はきっと別にあったのに。長谷川翔君の気持ちを後押しするような約束を交わしてしまった」

口にしてしまった願いの愚かさを悟り、思わず唇を噛み締めていた。

死にゆく君を撮らせてほしい——彼を暴走に向かわせたのは、私が原因だ。

「『黒シャツ』を見つけます。そして、私はもう一度彼と向き合う」

今や彼を思い留まらせる手段は一つだけだった。

レイナさんが起動させたタブレット端末には、大量のＤＭが視聴者から届いている。マスカルポーネさんが生配信で呼びかけていた。長谷川翔の情報が真実か確かめるために、当日現場付近の動画を送ってくれ、と。

長谷川君の暴走のおかげで、呼びかけは大々的に広まっている。

私は溢れる涙をぬぐってタブレットを摑んだ。

◇◇◇

今なら分かる。目的と手段が入れ替わっていた、と。

死にゆく者の心を見たかった。

幼馴染の江間カスミがなぜ自殺を試みようとしたのか、知りたかった。植物状態の彼女に寄り添いながら、自殺スポットを回り、動画を撮影していった。

けれど、どれだけ続けても叶うはずもない。私はやがて撮影に固執し、本当に大事なものを見失った。頑なに希望には目を背けるくせに、絶望だけは鵜呑《うの》みにする。自殺者に生きることを望むことさえ傲慢なんだと自らを戒めて。

生きてほしい——そんな当たり前の願いさえ見失った。

だから長谷川君に『死にゆく君を撮りたい』などと馬鹿げた提案を吐いたのだ。くたばれ、私。私の本心なんて明白なのだ。運命的に知り合えた少年ともっと親しくなりたかった。たった一人の幼馴染といつまでも笑い合っていたかったように。

過ちは行動で挽回《ばんかい》するしかない。だから、私は真実を追い求める。

今度、カスミの病室に向かう時は、はっきりと伝えようと思う。

「カスミはなぜ死のうとしたの？」ではなく——「生きてくれて嬉しい」と。

◇◇◇

夜十時を回っても、教会の明かりは灯っていた。

『ゴルゴダの丘基督教会』を「夜の教会」と説明した小此木さんだ。どれほど孤独であったとしても、いつかなる時でも、受け入れてくれる穏やかな光。救われる人も多いのだろう。学校や仕事に行けなくなった者も、家族や友人から見捨てられた者も、掲げられた十字架は決して拒絶しない。

マスカルポーネさんの事務所を飛び出した私は、一人で教会にやってきていた。心配したレイナさんはついてくると言ってくれたが、断った。これはもう私と長谷川君の問題だったから。一対一で小此木さんと向き合わなくてはならなかった。

「小此木さん」

教会に足を踏み入れた時、建物の奥から小此木さんが慌てた様子で現れた。まだ起きていたらしく、ワイシャツ姿だ。

「南鶴さん、どうされましたか？」

玄関で立ち尽くす私に、彼は訝《いぶか》し気な視線を向けてきた。

「さっき信徒の方から連絡がありました。あの生配信は一体——」

「小此木さんは全部、知っていたんですか？」

「はい？」

「視聴者からもらった、動画に映っていました、火災現場の前を通り過ぎる小此木さんの姿が。あのクリニックビルの方向に」

玄関より奥に私を進ませてくれることはないらしい。

小此木さんの顔から感情は消え失《き》せ、仮面のような無表情を向けてくる。かつてのように応接スペースに招く素振りもなく、じっと立ち尽くしたままだ。

一切の反応を返してくれない彼に、言葉を続けた。

「事件当日のSINさんと出会っていた『黒シャツ』は——小此木さんなんですね？」

問いかけても、なにも言葉を返さない小此木さん。

その反応を見て、間違いないのだな、と確信を得る。

視聴者からの動画を見た時、息が詰まるような心地だった。火災現場そのものではなく、火災現場に群がる野次馬たちを撮影していた動画。撮影者は緊急車両を妨害する者を晒すために撮ったのだろう。そして、そこに映っていたのは、火災を不安そうに見つめ、やがて通り過ぎていった小此木さんの姿だった。

黒いシャツを着た彼が歩いていった方向は、駅でも教会でもなかった。

SINさんが飛び降りたクリニックビルの方へ、彼は確かに進んでいた。

「ずっと疑問だったんです」

焦る心を必死に鎮めながら、言葉を繰り出す。

「なぜ彼は教会で『SIN』と名乗っていたんですか？　だって、その名前はあまりに『千賀真司』君を想像させる。しかも、彼はその名で芸能界デビューを果たしている」

彼の過去を知った当初は「罪」を意味する「ＳＩＮ」なのか、と感じていたが、かつて彼が関わった少年の名を知ってから、大きく見方が変わった。

本名の「橘龍之介」とも全く異なる、まるで「千賀真司」の仇名のような名。

「被害者の遺族を想えば、普通はそんな決断できない」

百歩譲って偽名を名乗るにしても、それを芸名にするなど普通考えられない。

長谷川君いわく、彼は被害者の遺族と顔を会わせている。被害者の名前を借りた芸名でテレビに出演するなど、彼らの心を逆撫《さかな》でするに違いない。

少なくとも橘龍之介は、そのような男ではないと信じている。

小此木さんも同様の考えだったらしく「龍之介君の性格をよくご存じですね」と口にした。私の推理を認めてくれているようだ。

彼の態度に、私は強く唇を噛んでいた。

「だとしたら、考えられるのは一つだけです。千賀君の遺族は、ずっと龍之介君のそばにいた。龍之介君は彼らと良好な関係を築き、相談できる間柄にあった」

そうでなければ、「ＳＩＮ」なんて名前を名乗れるはずがない。

だとすれば、一人だけ思い当たる人物がいる。

彼女は『芸能界にデビューする時、ＳＩＮ君から相談を受けていた』と証言していた。

橘龍之介はしっかり許可を取っていたのだ。千賀真司の名前を借りていいか、と。そして、彼女が運営する子ども食堂には、千賀真司の写真が掲げられていた。

「進藤瀬里さんの旧姓は『千賀』なんですね？」

彼女は離婚経験があるとも言っていた。想像でしかないが、彼女が息子の命を奪った加害者と関係を続けている事実に、夫から反対があったのかもしれない。

自分で口にしながら、その事実に改めて衝撃を受ける。

子ども食堂の写真には、龍之介君と進藤さんが共に笑い合う様子が捉えられていた。彼らの関係を考えれば、奇跡に等しい光景かもしれない。

「彼女と龍之介君は、同じ未来を見ていた。闇バイトを生みだした社会を憎み、子どもの居場所を作るために、進藤さんは子ども食堂を作って、龍之介君は寄付で支えた」

進藤さん自身もまた、子どもの居場所を作るために活動している、と述べていた。息子である千賀真司の友人は、虐待のために闇バイトに走り、千賀真司がそれに加担してしまったからだろう。

加害者と被害者という立場を乗り越えたような、理想的な関係。

あの並んだ写真を想うたびに、私は息苦しくなっていく。

贖罪というルールのために生きた橘龍之介――彼の寄付先は、正確には子ども食堂ではなかった。進藤瀬里自身だ。それは慰謝料の意味合いもあったのかもしれない。

それゆえに、辿り着いた結末に胸が苦しくなっていく。

「なのに――進藤瀬里さんは彼を裏切り、陰で誹謗中傷を繰り返していたんですね」

伝えるべきを伝え終え、私はゆっくりと息を吸い込み、顔を上げる。

いまだ小此木さんは表情を変えない。停止した機械のような静かな目。肯定もしないが、決して否定もしない。気まずさを宿した瞳。

私は、答えをもらえるまでは退く気はない。

両脚に力を込めていると、奥から扉が開く音が聞こえてきた。

ほぼ同時に小此木さんが目を見開いて振り返った。

「出てきてはいけませんっ」

「さすがに無理ですよ、小此木先生」

教会の奥から顔を出したのは、進藤瀬里さんだった。苦笑を零している。

まさかここを訪れていたとは思わず、絶句していた。

「進藤さん……」

「翔君の生配信を見て、ワタシもすぐに教会へ駆けつけたんです。とんでもないことになったと小此木先生に相談するために」

進藤さんは他人事のような不気味な微笑を見せながら「中で話してもよろしいですか？」と小此木さんに確認している。最初は躊躇う反応を示していた小此木さんだったが、やがて渋々といった表情で承諾した。

教会の中に入りながら、信じられない心地で進藤さんを見てしまう。

彼女は応接スペースのソファではなく、教会に並べられた簡素なパイプ椅子に腰を下ろした。十字架を背負うような位置で堂々と。

「アナタがずっとSINさんへ誹謗中傷を続けていたんですか？」

沸き起こる戸惑いと怒りを押し殺して、私は彼女の正面のパイプ椅子に腰を下ろした。

進藤さんは「そうね」とあっさりと肯定した。

「認める。ワタシは彼の罪を仄めかし、恨みの言葉を何度も投稿した」

「四月頃、芸能事務所から警告されたと聞きました」

「それでも、やめられなかった。そうしているうちに六月の頭に、龍之介君本人のアカウントからDMが届いた。匿名通信アプリでやり取りできないか、と。『かつて自分が傷つけてしまった人ですか？』と追及された。やがて直接会えないか、って頼まれた」

彼は、あくまで対話で解決しようとした。

SINさんの想いを察するだけで、胸が痛くなってくる。

「とてもじゃないけど、直接は会えなかった。けれど誤魔化すのも限界だと思った」

進藤さんは淡々と呟き、首を横に振った。

「だから小此木先生に頼ることにした。代わりに全てを話してもらったの」

橘龍之介が飛び降りた夜、彼女はずっと自宅にいたという。

責任放棄にすら思える態度に憤りつつ、私は小此木さんを見た。彼は私たちの間に立ち、苦しそうに瞳を閉じながら言葉を聞いている。

「彼が指定したのは、あのクリニックビルの前でした」

彼は当時を思い出すように重々しく語り出した。

廃れたクリニックビル――どういう場所かは、ネットに書き込まれている。

「彼は既に、アカウントの正体を察しているようでした。やり取りを続けるうちに分かってしまったのでしょうね。ビルに現れた彼は顔色が悪く、何日か眠れない日々が続いていたようです。彼は私を見るなりに『やっぱり』と笑いました」

あまりに悲哀に溢れた、ヒビの入ったガラス細工のような笑みだったという。

呼び出されたクリニックビルがどういう場所か、小此木さんも知っていた。彼の絶望を察した小此木さんは、できる限りの対応を試みた。彼を一人にしてはならないと食事に誘い、まるでなにも気づかぬように明るく声をかけ続けた。しかし「大丈夫」「明日も仕事です」と言い張る彼の笑顔に騙され、クリニックビルの前で別れてしまった。俳優業で鍛えられた演技に、小此木さんは欺かれたのだ。

小此木さんの口から全ての事実が明かされる頃には、感情の抑制はもう限界だった。

「どうして……？」

膝の上で拳を強く握りながら声を張り上げていた。

「どうしてですか⁉　進藤さんは、ずっとSINさんを応援していたのに！　なぜ過去を晒し、彼を貶《おとし》める真似をしたんですか？」

昼間に見せてくれた、彼女の愛に溢れた笑顔は、忘れていない。

本来は、支えていたはずだった。SINとして贖罪の人生を歩む橘龍之介を、応援していた。葛藤もあっただろうが、それも乗り越えて。

真実を知ったからこそ、より彼らの関係は眩いほどに美しく見えた。

「過去は、あくまで仄めかしていただけ」

進藤さんは私の怒声に取り合わず、首を横に振る。

「SNSの、誰も見られていないアカウントで、淡々と呟いていただけ。誰かに伝える気はなかった。事実、芸能事務所以外には見つかりもしていない」

「そんな子どもじみた言い訳――」

「逆に、どうしてダメだと思うの？」

進藤さんは、聞き分けの悪い子どもを諭すような視線を向けてきた。

声には、次第に感情らしきものが滲み始める。

「そうやって吐き出さなければ、ワタシは彼を応援できなかった」

問いに咄嗟に答えられなかった。

その声に滲んだ感情が悲哀だと気づいた時、私は彼女の目尻にある輝きに気がついた。

涙はずっと流れることなく、彼女の右目に留まっている。

「ずっと龍之介君を励ましてきた。教会内での仇名として『S・I・N』を提案したのもワタシ。彼を応援し、褒め、成長と更生を見守ってきた。何度も自己嫌悪に苛まれても旦那に愛想を尽かされても、大人としての責務を遂行した。龍之介君と共に子ども食堂を盛り立てながら」

　復讐で身を滅ぼさぬよう、彼女が己に課した誓い。

　長谷川翔と橘龍之介に憎悪をぶつけても、誰も幸福にはなれない。なにより二人は過去を悔い、償いのために生きようとしている。

　彼女は大人として正しくあろうとした。その生き様はあまりに尊い。

「やがて龍之介君はどんどんテレビに出るようになった。世間から『天使』と褒められ、ファンから黄色い声援を送られて。過去なんて誰も知らない。真司を殺した大罪を」

　進藤さんの口元が自嘲気味に歪んだ。

「ほんの僅かな恨み言を漏らすことさえ、南鶴さんは禁じるの？」

　それがどれほどの地獄だったのかは、想像もつかない。私のような無関係な女子高生に説教する資格はない。それを理解しながらも、強く首を横に振る。

「だったら、最初から応援しなければよかったんですよ……！」

　仕方ないで片付けるのは、残酷すぎる。

励まし、応援し、共に生きようと誓った末に――陰で悪態をつく。

たとえ結果論であろうと、彼女の選択はあまりに惨《むご》たらしく思えた。

「SINさんは、アナタのために生きようとしたんじゃないんですか⁉」

脳裏には、たくさんの子どもたちと笑う彼らの姿があった。

「あの子ども食堂で！　アナタと一緒に笑う彼の写真を、何枚も見ました！　彼は、真司さんの命を奪った重さを受け止め、寄付をして、過酷な芸能界で必死に闘って。アナタのために生きることが、人生のルールだったんですよ」

彼の人生を追って見えてきたことだ。

SNSは彼のファンで溢れている。日下部さんのように直接会い、救われた者もいる。芸能事務所のスタッフは、全員、彼の人柄を愛していたという。門脇マネージャーのように彼の才能に惹かれ、期待していた者もいる。

橘龍之介は『SIN』として生まれ変わり、過去を償おうとしていた。

「なのに、どうして彼の人生を丸ごと否定してしまったんですか――」

感情のままに立ち上がった時、進藤さんは右腕をあげた。

ブラウスの袖がずり落ちる。見えてきたのは、手首の赤い線。躊躇い傷だった。

進藤さんは哀し気に呟いた。

「ワタシも、地獄を歩んでいる」

私は無数のリストカットの跡を見つめ、救いを求めるように小此木さんの方を見た。

彼は知っていたのか沈痛な面持ちで俯いている。

かつて日下部さんが伝えてくれた情報――『手首に傷がある女性が、教会にいる』。

強盗は男性だったため、それ以上は考えなかった。真夏であろうと、料理中だろうと、常に長袖の服を袖も捲《まく》らずに着ていた彼女に、注意を払うことはなかった。

「息子を殺した相手を、心から許せる親なんていない」

進藤さんはゆっくりと右腕を下ろし、手首をブラウスの袖で隠した。

「けれど、彼を拒絶できる？　己の過ちを悔い、必死に社会貢献をしようとする少年を突き放せる？　彼の更生を見守ることが、ワタシにとって、手放せないルールだった」

彼女は薄く微笑んだ。

「龍之介君の訃報を知った時、ワタシは、安堵した」

聞いた瞬間、最後の答えだ、と理解する。

気づけば私の目にも涙が溢れていた。不思議と確信がこみ上げてくる。

――橘龍之介は、進藤瀬里の自殺未遂に気がついた。

誹謗中傷アカウントの持ち主とやり取りを続けるうちに、すぐに真実に思い至ってしまった。今も自身を焼き焦がすほどの罪悪感に苛まれ、自身を応援している彼女の地獄を。自身が活躍すればするほど、彼女を苦しめ続けている現実を知ってしまった。

——贖罪こそが生きるルールだった彼は、生きる目的を失った。

追い詰められる進藤瀬里を救うため、彼になにができたのだろうか。

自身が生きることこそが、もっとも許されたい相手を地獄に追いやる。

「…………認めない」

彼女の気持ちを聞いても尚、私は受け入れられなかった。

全てを知りながらも、強く言い切った。

「そんなの、脅迫と変わらないじゃないですか……！」

彼女の行為は、橘龍之介を死に追いやった。もはや復讐と何一つ変わりない。

彼女がどれだけ言い繕おうと、他に言い表せる言葉はない。長い時間をかけ、多くの人間を巻き込みながら、彼女は罪人に成り果てたのだ。

「私は、心の底から軽蔑します……！」

涙を拭き取り、彼女を強く睨みつけた。

「アナタは、息子の罪を棚に上げ、計画的に未成年者を殺した殺人犯です」

言い放った瞬間、進藤さんの目の色が変わるのが分かった。

構わず軽蔑の視線をぶつけると、彼女は椅子を後方に吹き飛ばすほど強く立ち上がり、拳を大きく振りかぶる。

隣で小此木さんが「進藤さん⁉」と叫んだが、彼女は止まらなかった。

私も呆気に取られ、下がることもできない。

最後に認識できたのは、鬼のような形相の進藤さんで、次の瞬間には強烈な衝撃で視界はフラッシュアウトする。頰に加えられた衝撃のままに身体は崩れていく。

床に崩れ落ちる感覚に辿り着く前に、私の意識は途切れていた。

8章

警察署に連行された僕は、二人の刑事たちから事情聴取を受けた。

多くの視聴者から通報があったらしい。社会的影響力のある俳優を死に追いやったと、彼と過去関わった証拠と共に生配信で堂々と名乗った未成年の少年。青少年保護の意味合いでも彼らは動くしかない。異例中の異例の対応らしかった。

一通り生配信で語ったことと同じ内容を説明した。

全てを聞き終えると、二人の刑事たちは難しそうに顔をしかめた。

「嘘だよね？　君の話が事実だとしたら、それをわざわざ公表する意味がない」

残念ながら、刑事たちが信じてくれる様子はなかった。全てを鵜呑みにしてくれるなら話は早いのだが、そうはうまくいかないらしい。

「確認だけど、あの動画配信者に脅されたことはないね？」

「全部、僕の意志ですよ。ご迷惑をおかけして、すみません。でも龍之介の事件は『自殺』より『殺人』だった方が、世間は喜ぶはずじゃないですか」

刑事たちは気味悪がるような視線を送ってきた。

「世間を喜ばせることが、目的と？」

「そう解釈してもらっても構いません」

「あの生配信は何十万人もの人間が視聴して、今も動画は拡散されている。たった、それだけの目的のためにやったとは思えない」

「元々、僕の人生に価値を感じていないんです」

できる限り、早く解放されたい。余計な問答だ。

少し悩んだが、率直な本心を明かすことにした。

「龍之介を助けられなかった日から、生きる意味が分からないんです」

刑事たちは気の毒そうな目で僕を見つめ、やがてどこかで聞いたことがある慰めの言葉をかけてくれた。『まだ若いんだからさ』と薄っぺらい希望を振りまき、『彼もそんなことは望んでいないんじゃないかな』と死者の声を代弁する。

どれも僕の耳には、うまく入ってこなかった。それでも前向きな演技を取り繕う。

龍之介と死に別れて以来、僕は嘘がうまくなった気がする。

◇◇◇

「いつ死んだっていい」

二人で強盗に明け暮れていた時期、龍之介はそう言い放った。

振り返れば、それはどれだけ前向きな言葉だっただろう。僕たちは幸福の絶頂に立っていた。人生に何一つ後悔などなかった。これ以上の幸せが手に入る見込みさえなかった。あの頃の僕たちは、無敵と思えるほどの万能感に満ち溢れていた。

「贖罪のために生きよう」

罪を犯した僕たちは愚かさを嘆いた。

自身の心の傷よりも、被害者家族の心に刻まれた傷の方がずっと深く、その痛ましさに龍之介は僕に誓った。僕は彼を支え、共に生きると覚悟を定めた。芸能活動の傍ら寄付を続ける彼の背中を、必死に追いかけた。

「オレは、ルールの下で死んでいく」

誓いは最悪の形で裏切られた。

あってはならない裏切りは僕の心を完膚なきまでに挫いた。絶望に暮れる僕を動かしたのは、初めて見る彼の出演作品。彼は間違いなく必死に生きようとしていた。その事実を受け止めた途端、彼が自ら死ぬはずがないと決めつけて真実を追い始めた。

無敵だった龍之介が、なぜ自らの命を絶ったのか。

その喪失を受け入れられない僕は、藻掻くように夜闇を歩き続ける。

◇◇◇

渋谷警察署から出る頃には、深夜三時を迎えていた。

長々とした説教が続いたが、ようやく解放された。厳重注意処分ということらしい。

出迎えてくれたのは小此木先生だった。そもそも保護者が来なければ解放されなかったらしい。両親とは絶縁状態。親代わりに来てくれた小此木先生は、何度も刑事たちに頭を下げていた。

やがて僕と視線を合わせると「大変なことをしましたね」と短く叱責の言葉をぶつけてきた。僕は深く頭を下げた。

「少しドライブでもしましょうか」と小此木先生が提案する。

虚を衝《つ》かれつつも同意する。

近くのパーキングから乗り込み、深夜三時の東京を東から西へ、ゆっくり走っていく。

助手席に乗りながら、ぼんやりと流れていく街灯と電光掲示板を眺める。輝き続けるビビットな配色の看板は、今の気持ちとそぐわなくて、無意識に目を閉じていた。

小此木先生は無言だった。長い沈黙は怒っているようにも感じられる。

まずは自分が謝らなきゃな、と考えていた時、小此木先生が「翔君」と口を開いた。

「日本で十代二十代の若者が亡くなる時、もっとも多い死因は分かりますか？」

唐突なクイズ。

ゆっくり目を開き、ハンドルを握る彼の横顔を見つめる。

「……さぁ？　交通事故とか？」

「違います。残念ながら、自殺です」

「そうなんですか。意外ですね」

「補足しますが、決して若者の自殺率が突出して高いわけではありませんよ。単純な話、若者は自殺以外では死ににくいんです」

「あぁ、なるほど。日本には、戦争もないですしね」

「ですから、こう思うんです。医学が進歩し、技術革新で安全が広まり、たゆまぬ外交で戦争が消えれば、人類は老衰と自殺以外では死ななくなるんじゃないか、と。その時に人を救うのは、きっと科学ではなく信仰です」

小此木先生は小さく微笑んだ。

「私が、あの教会を作った理由ですよ」

改めて立派な人だなと感じつつも、虚しさが心の傷を刺激する。

次第に車窓からビル群は消えていく。チェーン店が並ぶ国道をただ静かに進んでいる。

そんな風景を眺めつつ、短く呟いた。

「けれど、龍之介は救えなかったんですね」

意地の悪い発言ではあったが、我慢できなかった。

小此木先生はブレーキを踏んで、頷いた。

「その通りです。私が、殺してしまった」

背もたれから背中を離した。

「どういう意味ですか？」

「南鶴詠歌さんが、先ほど教会を訪れたんですよ」

「南鶴が？」

「彼女は全ての真相に辿り着きました。あの日、龍之介君と出会った『黒シャツ』は私であり、彼の過去を仄めかす誹謗中傷アカウントの正体は、進藤瀬里さんだと」

目の前の赤信号に、車は完全に停止する。

助手席で息を止めていた。

「なんで進藤さんが……？」

「彼女の旧姓は、千賀。もうお分かりでしょう？」

そこから、僕が警察署にいる間に起こった出来事を全て教えられた。

マスカルポーネが視聴者に情報提供を呼びかけたことで、南鶴は『黒シャツ』が小此木先生だと突き止め、彼に真相を聞き出した。

小此木先生は、進藤瀬里の代理として龍之介に会っていた。小此木先生は、誹謗中傷アカウントの正体を明かし、彼女の葛藤を伝えた。できる限り龍之介の心に寄り添ったつもりだったが、別れた直後、彼が下した決断までは予見できなかった。

告げられた内容は、衝撃的だった。進藤さんが千賀真司の母親だと知らされていなかった。龍之介も、進藤さん自身も一切、言ってくれなかった。龍之介は、千賀真司の件は、どこまでも自身の責任だと思っていたのだろう。

長く変わらなかった信号が青に変わり、再び車は動き出す。

「……分からないことが、あります」

僕が出した声があまりに力なくて、自身で驚く。

どうしても腑に落ちない点があった。違和感は心の奥底に残り、吐き気にも似た気味悪さを放っている。その正体を言語化するには時間がかかった。

「なんでしょう?」と小此木先生の方から尋ねてくる。

「理屈では、納得できるんです。龍之介は、進藤瀬里さんに償うために命を絶った。他に彼女を救う手段はないと判断した。きっと真実なんでしょう」

南鶴が突き止めてくれた真相を、疑うことはない。

進藤さんのリストカットの跡は、僕も察していた。その理由が、千賀真司と僕たちの因縁によるものとは、思いもよらなかったが。

僕は手で顔を押さえながら首を横に振る。

「直感が否定するんです。アイツはそんな理由じゃ死なない」

「直感、ですか」

「僕だけじゃない。これまで出会った誰もが同じ印象を抱いていた」

日下部は「SIN君は『死のうと思ったことはない』と笑っていた」と教えてくれた。その通りだ。彼は『いつ死んでもいい』とは語りながらも、自ら死を望む性格ではなかった。門脇マネージャーも『出会った時、眩しいほどの前向きさに胸を打たれた』と証言していた。マスカルポーネ、南鶴、日本中の多くの人間が同感のはずだ。

だからこそ、彼の死は話題性があり、日本中を混乱に陥れたのだ。

なにより僕自身が、証言する。

「アイツは、どこまでも自由で、無垢で、自ら死ぬような男じゃなかったんですよ」

僕と真逆――あまりに無邪気な笑顔を見せた少年。

見た瞬間、天使、と感じたのだ。閉じ込められた僕の下に、窓から舞い降りて、そして、明るい世界に連れ出してくれた恩人。

彼が亡くなった経緯は分かれど、それは本質的な理由にはならない。

小此木先生は「先ほど、お伝えした通りです」とハンドルを握ったまま、発する。

「龍之介君を殺したのは、私ですよ」

「……どういうことですか？」

「人はなぜ自殺をするのか、という命題に対する、私なりの答えです」

それは、南鶴詠歌がずっと求めてきた問いだった。

『死にゆく者の心を覗きたい』と願った彼女は、つまるところ自殺の理由を知りたがっている。それをくだらないと評したマスカルポーネに憤り、ずっと答えを求めていた。

小此木先生が、寂しそうに目を細めた。

「――人間だからです」

驚くほどにシンプルな言葉。

オウム返しのように「人間だから？」と言葉を返す。

「他に答えはありませんよ。この世界に、自ら命を絶つ動物が他に存在しますか？　あるいは、孤独であろうと幼児が自ら命を絶ちますか？」

小此木先生は、進行方向を見つめたままだ。

「どんな人間であろうと、赤子の頃は、本能のままに生命の維持を最優先する。自ら死ぬなど有り得ない。生物として当然です」

「……それが、なぜか変わってしまう？」

「人は社会的動物です。『学べ』『働け』『稼げ』『愛せ』『愛されろ』『和を乱すな』『正しくあれ』『立派であれ』――人は社会で生きるために多くの教えを受ける。そして授けられた教えは一生、手放せない。文字通り、それらは生きるルールそのものだから」

哀し気に小此木先生はハンドルを指先で叩いた。

「ルールを守り続ける。いつの日にか、死ぬ理由に変わったとしても」

それは、実際にこの身で体験している。

かつて過ちを犯し、施設に隔離されていた。僕たちは常に、集団の中で、社会の中で、法律の中で、生活を送らねばならない。人を傷つけ、自堕落に塗《まみ》れ、法を犯し続ける者が生きていくことなどできない。

「龍之介君が強盗に励んでいた時、きっと無垢だったことでしょう」

小此木先生は淡々と説明を続ける。

「法律などの枠組みから外れた、無法者。腹が減れば強盗に手を染め、気に食わない相手からの指示には従わない。それこそ、野生動物や赤子のように自由だ」

あの頃の笑顔は、忘れられない。

襲いたい相手の家に押し入り、後先など考えず、ただ今の楽しさに没頭する。

「けれど、彼は少しずつ学んでいったのです。己の過ちを悟り、教会を訪れ、多くの教えを受けた。贖罪を果たすために、彼は自ら学び始めた」

彼の変化は、南鶴との調査の中で確認していた。

教会で日下部のような同世代の友人と、毎週勉強に励んだ。

芸能事務所では、門脇マネージャーに礼儀を徹底的に叩き込まれた。

子ども食堂では、無数の子どもたちから好かれていたヒーローだった。

「だから彼は気づいてしまった。自身の罪深さと、今もなお傷つけている存在に」

小此木先生は小さく頷いた。


「橘龍之介君は人間として亡くなった――殉教者なのです」


告げられた瞬間、ようやく理解できた。

彼の遺言【オレは、ルールの下で死んでいく】――その真意。

彼は誰かを恨んだわけでも、嘆いたわけでもない。彼は死ぬまで前向きだった。

誇っていたのだ、自身の成長を。

その果てに辿り着いた結果が救いなき絶望だとしても。

衝動のままに人を傷つけ、悪事を働いていた無法者が、自らの罪とようやく真剣に向き合えた――その事実を、彼は成長として受け止めながら命を絶ったのだ。

身体の奥底から強い熱が沸き起こった。その熱は僕の脊髄を通して、頭部に、そして、目頭に伝わっていく。助手席のレザーシートに爪を立てるように固く手を握りしめ、喘ぐように「だったら、僕、じゃないですか……」と訴えた。

小此木先生が不思議そうな声を漏らすが、確信は消えない。

龍之介は、自殺ではない。殺人だ。

間違いなく証明された。紛《まが》うことなく黒幕を鮮明に露わにして。

「小此木先生じゃない……僕がアイツに人間になってほしがったんだ……!!」

強盗を繰り返した夏祭りの夜、僕は願ってしまった。

彼には、もっと別の生き方があると説いた。僕の命を救ってくれた彼ならば、もっと多くの人間を救えると信じてやまなかった。龍之介は、その期待を受け止めてくれた。

それがどれだけ、龍之介にとって過酷な道であるのか僕は分かっていなかった。

「龍之介は、あのままでいたら、死ななかった……っ!」

喉を震わせ、叩きつけるように叫ぶ。

――僕が『天使』を『人間』に堕とした。

千賀真司の命を奪ったあと、僕は彼と共に更生の道を歩んだ。ルールを誓い、勉強をこなし、励まし合い、子ども食堂を手伝い始めた。二人での生活をはじめ、彼が芸能の世界へ入る時も、僕は応援し、彼の決断を後押しした。

小此木先生は道路脇にゆっくりと車を停《と》めた。「翔君の責任ではありません」と僕の背中を擦ってくれる。気づけば、渋谷から遠く離れた場所までたどり着いていた。僕の視界に広がっているのは、かつて龍之介と暮らしていた町だった。

僕は、小此木先生の手を振り払い、息を整える。

「なぜ、言ってくれなかったんですか？」

まだ話は終わっていなかった。

真実を聞いたからこそ生まれる、憤りがある。彼は全てを知りながらも、進藤瀬里さんを庇い、警察にも事実を伏せていた。

「当日に出会っていた『黒シャツ』が小此木先生だと。なぜ隠していたんですか？」

「真相を全て知ったら、長谷川君はなにを決断する予定でしたか？」

僕に振り払われた腕を所在なく上げたまま、小此木先生は口にする。

見抜かれていた事実に愕然とした。

だが、なにも不思議なことはない。彼は多くの自殺志願者と会ってきている。あるいは、僕がかつて抱えていた感情を、龍之介が相談していた可能性もある。

「今こうやって真相を話せるのは、君が出会いに恵まれたから」

小此木先生は、優しく微笑みかけてきた。

彼は、運転席のサイドポケットからなにかを取り出し、僕に差し出してきた。何の変哲もない封筒。宛名も書かれていなかったが、差出人は察せられた。

「――死にたさとは、成熟です」

呆然と封筒を受け取る僕に、小此木先生は告げてきた。

「だからこそ、この苦しい現実に立ち向かおうとする彼女に想いを馳せた方がいい」

小此木先生がこの封筒を渡す決断に至った、存在。

僕は、いまだ彼女から一切の連絡が届かないことが気になった。彼女の性格を考えれば、ずっと警察署の前に居座っていてもおかしくはなさそうだが。

「南鶴は、今どこにいるんです？」

「病院に、緊急搬送されました」

小此木先生は険しい表情で告げてきた。

◇◇◇

――生きるためのルールは、いつの日にか死ぬ理由に変わる。

小此木先生が語ってくれた言葉は、あまりにやりきれない絶望を孕《はら》んでいた。

『立派な大人になれ』という願いは、立派になれなかった大人を殺す。

『周囲と仲良くしろ』という教えは、孤立してしまった者を殺す。

『愛される人になれ』という祈りは、誰からも愛されなかった人を殺す。

それでも、人は多くの教えを受け、守らねばならない。あらゆるルールを破る人間が、社会で生きる術などない。だから、この世界から自殺はなくならない。

それは全人類が無縁ではいられない、難病だ。

SINの名誉を守ろうとした日下部は、明らかになったSINの過去に絶望して死ぬかもしれない。息子のために暴露系配信者を続けるマスカルポーネは、いつか息子に見放されて死ぬかもしれない。絶望の底にいる人を救おうと牧師になった小此木先生は、SINを救えなかった責任を受け止め死ぬかもしれない。人を輝かせたかった門脇マネージャーは、過酷な芸能界に疲れ果てて死ぬかもしれない。

今日も誰かが電車のホームから飛び込み、明日も誰かが天井の梁《はり》で首を吊る。

橘龍之介が生み出した絶望が、メディアの力で増幅し、世界に広まった。今日も明日も明後日《あさって》も、芸能人の自殺は報道され、また新たな死者が生まれる。

僕は今すぐに南鶴と話したかった。

この悲劇の連鎖にどう抗えるのか、方法がまるで分からなかったから。

◇◇◇

『重ねて申し訳ない話ですが、トラブルが起きてしまいました』

指定された総合病院まで走りながら、小此木先生の言葉を思い出していた。

南鶴詠歌が教会を訪れた際、その場には、進藤瀬里さんもいたらしい。南鶴は直接、彼女に思いの丈をぶちまけ、侮蔑する発言をぶつけてしまったらしい。

――進藤瀬里さんは激高し、彼女を強く殴るように突き飛ばした。

小此木先生から見て、南鶴は激しく頭部を床に叩きつけられたらしい。

『意識不明の重体です。病院に搬送されましたが、生死の境にいるようです』

僕のせいだ、と唇を嚙みしめる。

真相を突き止める役目を彼女に丸投げした。僕の代わりに動画を確認してほしい程度しか考えていなかったが、行動力がある彼女ならば僕を待たず動き出すとどうして予見できなかったのか。

ボディガードとして、あまりに致命的な過失。

小此木先生に降ろしてもらった駅前から病院まで、僕は全力で駆け抜けていた。徹夜のせいで、目は乾き、頭が原因不明の痛みを訴えている。けれども足は動く。たとえ夏の朝の陽光に身を焼かれようと関係ない。

過るのは、ＳＩＮのニュースを知った時の朝の静けさ。

五感が聴覚から触覚、視覚の順に失われていくような、戦慄。全身の細胞を満たす、絶望。

転がるようなみっともないフォームで総合病院の敷地に踏み込んだ時、僕は南鶴が現在、どこにいるのか聞き忘れたことに気がついた。思ったより病院が大きく、五つほど病棟があった。誰かに尋ねようとも、時刻は朝の五時。誰も出歩いていない。そもそも親族でもない僕が会えるのか。

焦りながら、正面玄関の前で立ち尽くす。

一度小此木先生に連絡しようか考えた時、背後から軽やかな声が聞こえてきた。

「こっちだよ、長谷川君」

咄嗟に振り返る。

病院の入り口にはベンチが置かれており、そこに南鶴が座っていた。差し込んでくる夏の朝日に眩しそうに目を細め、朗らかに手を振っている。

「南鶴……」

信じられない気持ちで彼女を見る。

頭部に包帯が巻かれているが、それを気にさせないほどに生命力に溢れた、溌剌とした笑顔。昇ってくる強い夏の日よりもエネルギーに満ち溢れ、思わず圧倒される。

「もしかして……生死の境にいたというのは、嘘？」

「うん。少し気絶しただけ。一応、検査したんだけどね。なんともないって」

「……小此木先生が、自発的に嘘を吐くとは思わない」

「もちろん。私が頼んだんだよ」

南鶴は悪びれることなく「散々騙されたから」とベンチから立ちあがった。なぜか上腕二頭筋を見せつけるボディビルダーのようなポーズを決めて。

「大丈夫だよ。私は、ピンピンしてるから」

あまりに悪質な嘘だった。

間違いなく僕には激怒する権利がある。全力で走ってきたせいで、いまだ呼吸は整わない。噴き出した汗は止まらない。熱中症でぶっ倒れるんじゃないかと焦りながら、一切スピードを緩めず駆けてきたのだ。

なのに、どうしても怒りが湧いてこない。

彼女の笑顔を見るたびに、込み上げてくるのは、もっと暖色系の感情だった。

「生きていて、よかった」

他に言えることはなかった。

溢れそうになっていた涙を隠すように、汗を拭くフリをして顔を擦る。

「南鶴が死なないでいてくれて、嬉しい」

「君もね」

「え？」

「同じなんだよ。今日も君が生きてくれていて、私も嬉しい」

果たしてそうなのだろうか、とじっと彼女の顔を見つめる。

心の底から沸き起こる安堵の情を、彼女も抱いていると？

否定の根拠を探すが、肯定の根拠と同等に見つからない。ただ彼女が今こうやって息を吸い、瞬きをし、お気楽に笑っている姿に、僕の胸は打ち震えている。

彼女の策略なのだろう——そう見抜くことは簡単だった。

彼女はおそらくは心変わりをしたのだ。僕の自殺を止めたがっている。だから人の死ぬ虚しさを想像させた。あまりに単純な子どもだまし。

分かりながらも、今生きている彼女に対する感動を止められなかった。

「ごめんね」南鶴は首を横に振った。「やっぱり私が、間違っていた」

「……どうして？」

「私は、死にゆく君の心を見たいわけじゃなかった。勝手に勘違いしていた」

「約束を守ってくれないのか？」

「ねぇ、ウェルテル効果の反対は知ってる？」

唐突に尋ねられ、面食らう。

知識としては知っていた。自殺報道により自殺者が増えてしまうウェルテル効果とは、逆の現象。そちらは世間でもあまり注目されておらず、自然と頭の隅に追いやっていた。

「パパゲーノ効果」

「そう。希死念慮と闘いながら、今日を生きる人の物語が、誰かの希望になる」

それは当たり前の話かもしれない。

メディアに負の影響力があって、正の影響力がないはずがない。絶望の発信が人を殺すこともあれば、希望の発信が人を生かすこともある。

南鶴は大股で、僕に一歩寄ってきた。

「君が、今すぐに人生を終わらせたくて、ずっとこの世界から逃げたくなっているのは知っている。だって、同じ苦悩を抱える人は、日本中に溢れているんだから」

気づけば手を伸ばせば触れられる距離に、彼女の泣き顔があった。

「だからこそ、今日を生きる君は誰よりも勇敢で、世界に立ち向かう英雄なんだよ」

目が眩《くら》むほどに明るい綺麗事だった。

そんな前向きには生きられない。彼女のようには強くなれない。無理なのだ。自身のせいでかけがえのない恩人を失った人間には、あまりに受け入れがたい。

けれど、そう理解はしていても、僕は南鶴の目から視線を外せなかった。

「生きる君を、撮らせてくれないかなぁ」

いつ彼女が涙を流していたのかは分からない。

朝日に照らされる目元には、大粒の涙が煌めいている。この光景を人生最後に見られたならば、それだけで幸福なのだと認められるほどに。

南鶴はスマホを取りだし、横に構え、僕にレンズを向けてきた。

「今、この日本にね、君ほど相応しい被写体はいないと思うんだよね」

あまりに無茶苦茶な発言――なのに、南鶴の提案を断れないでいる。

同じだった。僕と南鶴は結局のところ、同じ思想に囚われている。

龍之介を殺した自身に絶望すると同時に、憤っている。苛立ちを胸に秘めている。

ここは橘龍之介が生きられなかった世界だから。橘龍之介が亡くなったことさえ、好き勝手に消費される世界だから。

僕と南鶴の魂の形は同じだ。嘆いている。心の底から。

死んでほしくなかった。死んでほしくなかった。死んでほしくなかった。

そんな根源的な怒りと悲しみが、僕たちを生かしてきた。

僕はSINを殺した犯人を求め、南鶴は死者の心を追い求めた。

「だとしても」僕の唇が震えていた。「地獄過ぎんだろ」

「なにが？」

「キミは、僕の現状を知っているくせに」

日本中に顔と名前を晒して、誰からも愛された俳優を殺したのだと言ってのけた。

僕はこの事実を否定する気など毛頭ない。彼の名誉を最後まで保ったまま、彼との思い出を胸に秘めたまま死のうとしている。

　こんな僕に生きろ、と言う者など、死ね、と言うより残酷ではないか。

「なにが相応しい被写体だ。僕ほど死にたがっている人はいないってことだろう？」

「話題性は抜群だね」

　能天気に笑ってみせる南鶴を見て、ふいに肩の力が抜けた。

　脳裏に光景が過る。南鶴がカメラを構える。僕にレンズを向ける。期待が込められた眼差し。台本くらいは用意してくれるかもしれない。僕は与えられた役割を演じる。指先から足に至るまで活力を漲らせ、あたかも希望に溢れているかのように演じてみせる。

　それは、きっと——俳優と呼ばれる職業だ。

　心変わりはしない。ずっと僕は、死にたがる。逃避に憧れる。

　ただ、明日でいいか、と思い直す。明日も、また明日でいいか、とズルズル引き延ばすかもしれない。あるいは、どこかで限界を迎えるかもしれないけれど。

　けれど、その絶望以上に僕の心を衝き動かす感情がある。

　僕はポケットにしまいこんだ封筒を、ポケットの上から押さえた。龍之介からもらった、最後のメッセージ。文面は既に確認している。

「ここだけの話」自然と唇が動いた。「誰かに撮られたい気分なんだよ」

　呆れたように南鶴が相好を崩した。

「何度も聞いた。知ってる。ていうか、理由も分かりやす過ぎる」

「それでも、何度でも言わせてほしいな」

溢れる感情のままに、南鶴に笑いかける。

きっと彼女には言わずともバレている、感情。

「だって僕は、ずっと、龍之介に憧れているんだから」

橘龍之介は僕が死にたかった理由。

そして、明日を生きるルールだった。

エピローグ

SINさんの死は「ロンメル死」という見方をされ始めた。

「ロンメル死」とは、いわゆる陰謀論界隈《かいわい》でよく使われる言葉。ドイツの陸軍軍人が由来で『名誉を守るための自殺』という意味だ。闇の政府の秘密を知った者が、社会的名誉を守ることを条件に、裏で自殺を迫られるような状況を指すらしい。

つまりは、SINさんは死に追いやられた被害者として扱われるようになった。

長谷川翔という半グレに脅迫され、名誉を守るために命を絶つしかなかった少年。伝説的同時接続数をたたき出したマスカルポーネさんの生配信は、世間にそんな物語として受け止められた。それが誰にとっても呑み込みやすいストーリーだったのだろう。

世間の反応は、それはもう酷いものだった。

SNSの書き込みを追ったところ、反応の八割は長谷川君に対する罵詈《ばり》雑言。一割は、脅されていたとはいえ結局強盗に加担していたSINを批難する声。最後の一割は、長谷川翔が明かした真実に懐疑的な声。

けれど、そんな中でもほんのわずかに、確かな希望の声もある。

『SIN君が自殺じゃなかったことに、正直、救われている』

プロフィール欄に「病み垢《あか》」と記されたアカウントの書き込み。

『私は生きようと思う。SIN君が生きたかった世界なんだから』

探すのは大変だが、似た書き込みは散見された。

老若男女問わず、様々な年代の人が書き込んでいる。

『最近、嫌な報道ばかりで気が滅入《めい》っていたけど、ようやく救われた心地』『SIN君の過去に胸打たれた。もう一度、病院に通おう』『SIN君の無念を晴らすために生きる。とりあえず退職』『SINは同志じゃなかった。寂しいけど、なんか嬉しくもある』

一時間探しただけで十以上見つかったので、本当はもっと多くあるに違いない。わざわざSNSに書き込まなかった人も含めれば、もっと数は膨れ上がるはずだ。

長谷川君の行為が全て正しいとは思わない。だが救われた人は確実にいる。

生配信から半年後、SINさんの遺作ともいえる、主演映画は無事公開された。

彼の過去の犯罪歴から公開中止を求める声もあったが、それ以上に多くの応援の声が届いたようだ。きっと生配信の影響もあるだろう。

私はまだ観ていないが、素晴らしい評判だけは至る所で聞こえてくる。

◇◇◇

「マスカルポーネから伝言。『テメェらとは二度と関わりたくない』ってさ」

唐突に私を渋谷に呼び出したレイナさんからそう告げられた。

事件以来の連絡だった。どうやら私の受験が終わるまで待ってくれていたらしく、その配慮の仕方がレイナさんらしいな、と笑ってしまう。

国立の二次試験を終え、後は合否の結果を待つだけの時期、レイナさんから突然「最近、大丈夫？」とメッセージが来た。流れるように渋谷のカフェで会う約束が決まった。

まさか開口一番、マスカルポーネさんからの罵倒を告げられるとは思わなかった。

「仕方ないですね」とテーブルに着きながら苦笑する。

彼がもっとも恐れていたのは、アカウント停止だったらしいが、幸い回避できたらしい。運営の判断次第では、収益化がなくなってもおかしくはなかった。

だが、この半年間、特に関わりもなかった私にわざわざ罵倒が届くのは予想外。

レイナさんは「まだ続きがあるよ」とスマホのメモを読み上げる。

「ええとね――『それでも、デマを広めたまま放置するのは、暴露系配信者としての沽《こ》券《けん》に関わる。そろそろ長谷川翔の無実を広めてもいいんじゃないか』ってさ」

「あ、心配もしてくれてたんですね」

「情報提供者には優しいからね。もちろんワタシもずっと気にかけていたよ」

つまりは、またマスカルポーネさんの生配信に出してもらえるらしい。長谷川君が『自分が殺したわけではない』と弁解するチャンスをくれるようだ。

私は、自身のコーヒーを注文したあとで苦笑した。

「実は、私も同じことを頼もうと思っていました。よく長谷川君にも提案しているんです」

「そうなんだ。本人はなんて？」

「『絶対に嫌だ』と。アレは説得が相当、難しそうですね」

「面倒な子」

レイナさんの表現はあまりに正しくて、私も深く頷いていた。

提案するたびに彼には反発されている。彼は自らがＳＩＮさんを殺した脅迫犯として、墓に入る覚悟を決めているようだ。その話を持ちかけるだけで不機嫌になられるので、最近はワードを出すことさえ控えている。

「彼、まともな生活、送れているの？」

「一応。小此木さんみたいな頼れる人もいますし、なんとか生活を立て直しています」

「困ったら、マスカルポーネに相談しなよ。多分、仕事を紹介してくれるから」

「そんなこともしてくれるんですか？」

「動画編集できる人は結構需要があるから。スキルさえ磨いてくれるなら、彼のチャンネルでなくても、他の配信者から仕事を回してくれると思う。これなら顔出しも名前出しもしなくても働けるでしょ」

途轍《とてつ》もないほどに、ありがたい申し出だった。

しばし迷う。一応長谷川君には伝えておこうとは思うが、つい首を振っていた。

「それは、私が嫌かもしれません」

レイナさんが不思議そうに瞬きをする。

私は胸を張って、答えてみせた。

「実はですね、私たちの動画チャンネルがようやく稼働したばかりなんですよ」

◇◇◇

レイナさんと別れた後、まっすぐ長谷川君が暮らすアパートに向かった。

合鍵をもらっているので、チャイムも鳴らさずに部屋に入っていく。最初は気が引けたが、次第になにも感じなくなっていた。ここは彼の住居兼私たちの仕事場。周囲には喫茶店もないので、暇があれば勝手に入っていいことになっている。

長谷川君はまだ帰宅していなかった。持ち込んだパソコンで動画編集をこなしている
うちに、ようやく玄関の扉が開く音が聞こえてきた。

半年前に比べ、髪を短く切《き》り揃《そろ》えている長谷川君が顔を出す。

「遅刻じゃん。珍しいね」

現在の彼は、小此木さんから紹介されたバイト先で働いている。データ入力の仕事ら
しい。顔を世間に晒さずには済むようだが給料は下がってしまったようだ。

今日もそうなんだろう、と考えていたが、彼は思わぬ言葉を口にする。

「進藤さんの子ども食堂、手伝ってきたんです」

「え？　そうなの？」

「まぁ複雑ですけどね。ただ、別に龍之介は憎んでいたわけじゃないし」

事件後、長谷川君と進藤瀬里さんがどのような関係に落ち着いたのかは全く把握して
いなかった。私自身、進藤さんからは一度暴力への謝罪を受けて以降、会っていない。

長谷川君から説明される日をなんとなく待ってしまっていた。

「進藤さんとは和解していたの？」と聞くと、長谷川君は「全然」と手を振った。

「ずーっとグチャグチャでしたよ。真相を知った日下部はブチギレているし、小此木さ
んが何度も何度も仲介して、ようやく話し合いまで漕《こ》ぎつけました」

それはそうだろうな、と小此木さんの苦労に想いを馳せた。

橋龍之介と長谷川翔、そして、進藤瀬里の関係は、一言で言い表せるものではない。そもそもの千賀真司の死だって、彼自身にも責任はあるし、SNSに書き込まれたSINさんに対する誹謗中傷やそれを知った彼の行動など、考慮すべき要素が多すぎる。

長谷川君は疲れた顔で、カバンを下ろした。

「最終的に、各々距離を取ることに決めました。だから、今日が最後の手伝いです」

それがいいだろうな、と皆が出した結論に同意する。

やりきれない現実の中で、当人たちが出した結論を、尊重するだけだった。

「お疲れ様。じゃあ、撮ろうか」

私は、スマホを取り出した。

長谷川君の部屋の中央には、大きな三脚が置かれている。この決して綺麗とは言い難い、狭いアパートが私たちのスタジオでもある。

――【死にたがりの少年のその日暮らし】

それが私と長谷川君が新たに作り上げた、動画チャンネル。私の受験が終わるのを待って、ようやく活動を始められた。現在五本ほど動画を投稿している。再生数はどの動画もまだ百さえ超えていないが、いずれバズると信じている。

顔出しはせず、動画に映っているのは長谷川君の手元のみ。拙い手際ながらも、丁寧に出汁《だし》をとって煮物を作る姿。百均で買った工具と材料で、頑張って本棚を作る姿。

決して特別なことはしない。

だから、伸びてくれるかどうかは私の見せ方や、長谷川君の振る舞いにかかっている。

私はカメラの照度を調整しつつ、拳を掲げた。

「目標は、収益化だね。長谷川君、ひたむきな演技を頂戴。多少の脚色はあった方がいいからね。でも『ドキュメンタリー』という体を忘れずに。過剰なのは不要だよ」

「最初から、難しい要求が多すぎるんですよ」

「自分を信じて。君の演技は、既にたくさんの人を救っているんだから」

「あの生配信、南鶴さんの中では、そんな美談になっているんです？」

今日の撮影は、長谷川君が中学校の問題集に取り組む企画だった。

たったそれだけだが、無我夢中に頑張る彼には不思議な魅力がある。それは、これまでレンズ越しに彼と向き合い続けた私が、確信していることだった。

——死にたさを抱える僕が、それでも一歩一歩、生活を立て直す。

動画冒頭、別撮りのナレーションで説明が入る。決して器用とは言えない少年が、これまでできなかった課題に取り組み、挫折を繰り返しながら立ち向かう。一本目に作った煮物は焦げたし、二本目に作った本棚はたやすく崩壊した。

けれども、長谷川君はめげない。辛そうにしながらも、最後には楽し気なサムズアップで動画は締めくくられる。演技と本心のバランスが絶妙なのだ。

再生数は少ないが、同再生数の動画と比べて、圧倒的にコメントが多い。『エネルギーをもらえました』とか『私も、挑戦を始めようと思いました』と前向きな言葉が投げられる。

長谷川君はカメラの前に移動し、深呼吸をしている。撮影前のルーティン。

「力を貸してくれ、龍之介」

手には、便箋。小此木さんが預かっていた、SINさんからの遺言。橘龍之介が人生最後に、長谷川君に残した言葉は驚くほど短かったという。

――『来世は、弟として生まれてこい』

そりゃ小此木さんは中々渡せなかったよ、と見た時は苦笑してしまった。

そんな手紙をもし、事件直後の長谷川君が受け取っていたら、すぐにでも後を追っていたに違いない。あまりに純朴。SINさんらしいな、と感じていた。

長谷川君はルーティンを終え「OK、撮ろう」と笑いかけてくる。

私は、撮影開始のボタンを押す。

カメラの前で、口元だけ映っている長谷川君が笑った。

「こんにちは。『死にたい』と『死にたくなるほど辛い』の違いを見失ったアナタへ。

『逃げてもいい』と労られても、逃げ場所さえ分からないアナタへ。いつでもＤＭを待っています。アナタの心の内を伝えられるのは、きっとアナタしかいないから」

演技と本心が混じり合った、長谷川君の声が響く。

「——僕は、今日を生き延びようと思います。アナタと一緒に」

きっと、彼が抱える死にたさは完全に消えていない。

橘龍之介を救えなかった傷は癒えることなく残り、時間をかけて彼の心を抉《えぐ》り続ける。

幼馴染の心が分からなかった私のように、気づけば心に大きな空洞が生まれる。

だから彼の所作には、完全な演技じゃない、確かな悲哀が宿っている。

そんな彼だからこそ、見た者は勇気がもらえるのだ。

彼を撮影する。死にたくなる今日を生きてくれる英雄を、誇らしい気持ちで撮る。

いつの日か、私たちの祈りが、誰かの生きる理由になれたのなら。

参考文献

『自殺とは何か』
E・S・シュナイドマン著、白井徳満、白井幸子訳（一九九三年、誠信書房刊）
『シュナイドマンの自殺学　自己破壊行動に対する臨床的アプローチ』
E・S・シュナイドマン著、高橋祥友訳（二〇〇五年、金剛出版刊）
『メディアと自殺——研究・理論・政策の国際的視点』
トーマス・ニーダークローテンターラー、スティーブン・スタック編著、太刀川弘和、高橋あすみ監訳（二〇二三年、人文書院刊）
『なぜ子どもは自殺するのか　—その実態とエビデンスに基づく予防戦略—』
傳田健三著（二〇一八年、新興医学出版社刊）
『バズる「死にたい」　ネットに溢れる自殺願望の考察』
古田雄介著（二〇二四年、小学館新書）
『自殺の9割は他殺である』
上野正彦著（二〇一三年、カンゼン刊）

『自死と遺族とキリスト教 「断罪」から「慰め」へ、「禁止」から「予防」へ』
土井健司編(二〇一五年、新教出版社刊)

<初出>

本書は書き下ろしです。

この物語はフィクションです。実在の人物・団体等とは一切関係ありません。

メディアワークス文庫

少《しょう》年《ねん》殉《じゅん》教《きょう》者《しゃ》

松《まつ》村《むら》涼《りょう》哉《や》

2025年2月25日　初版発行

発行者　山下直久
発行　株式会社KADOKAWA
〒102-8177　東京都千代田区富士見2-13-3
0570-002-301（ナビダイヤル）
装丁者　渡辺宏一（有限会社ニイナナニイゴオ）
印刷　株式会社暁印刷
製本　株式会社暁印刷

●お問い合わせ
https://www.kadokawa.co.jp/（「お問い合わせ」へお進みください）
※内容によっては、お答えできない場合があります。
※サポートは日本国内のみとさせていただきます。
※Japanese text only

※定価はカバーに表示してあります。

Printed in Japan
ISBN978-4-04-916320-9 C0193

メディアワークス文庫　https://mwbunko.com/

本書に対するご意見、ご感想をお寄せください。

あて先
〒102-8177　東京都千代田区富士見2-13-3
メディアワークス文庫編集部
「松村涼哉先生」係

15歳のテロリスト

松村涼哉

「物凄い小説」――佐野徹夜も
絶賛！　衝撃の慟哭ミステリー。

「すべて、吹き飛んでしまえ」

　突然の犯行予告のあとに起きた新宿駅爆破事件。容疑者は渡辺篤人。たった15歳の少年の犯行は、世間を震撼させた。

　少年犯罪を追う記者・安藤は、渡辺篤人を知っていた。かつて、少年犯罪被害者の会で出会った、孤独な少年。何が、彼を凶行に駆り立てたのか――？　進展しない捜査を傍目に、安藤は、行方を晦ませた少年の足取りを追う。

　事件の裏に隠された驚愕の事実に安藤が辿り着いたとき、15歳のテロリストの最後の闘いが始まろうとしていた――。

メディアワークス文庫

暗闇の非行少年たち

松村涼哉

子どもたちの明けない夜を描いた、
『15歳のテロリスト』著者の衝撃作！

少年院から退院した18歳の水井ハノは、更生を誓いながらも上手く現実に馴染めず、再び犯罪に手を染めようとしていた。そんな時、SNSで「ティンカーベル」と名乗る人物から、ある仮想共有空間（メタバース）への招待状が届き——。

空間に集う顔も本名も知らない子供たちとの交流を通し、暗闇にいたハノは居場所を見つけていく。だが、事情を抱える子供たちのある“共通点”に気づいた時——、謎の管理人ティンカーベルが姿を消した。予想もつかない事態へ、ハノたちも巻き込まれていく。

子供たちを集める謎の管理人ティンカーベルの目的とは。更生を願い、もがく少女が見つけた光は、希望かそれとも——？

メディアワークス文庫

眠れない夜は羊を探して

遠野海人

誰かを、自分を、世界を殺したい。
真夜中のアプリに集う殺意の15編の物語。

幸運をくれると人気の占いアプリ〈孤独な羊〉にはある噂が。画面上を行きかうカラフルな羊たちの中に、もしも黒い羊が現れたら、どんな願いも叶うらしい。それが誰かへの殺意だとしても——。

同級生に復讐したい少年。祖母の介護に疲れ果てた女子中学生。浮気した彼氏を殺したい女子大生。周囲に迷惑ばかりかける自分を消したい新入社員。理想の死を追い求める少女。余命宣告を受けたサラリーマン……。真夜中のアプリに集う人々の、いくつもの眠れない夜と殺意を描いた15編の短編集。

ノイズ・キャンセル

持田冥介

『僕たちにデスゲームが必要な理由』著者、
4年ぶり待望の最新作！

高校入学を控えた春休み、草は不思議な美術館に迷い込む。

「けしてヘッドホンを外してはならない。バッテリーが切れる前に受付に戻る事」

幾つもの奇妙なルール、完全無音の青の世界、壁一面に飾られた変な絵。まるで水中の迷宮みたいな館内で出会った少女・綾乃と筆談するうち、草はここに人の正気を失わせる異様な〈ノイズ〉が満ちていると気づき——。

だが、他人のヘッドホンを奪う男の出現で空気は一変。はりつめた緊張と疑心暗鬼のなか、男の放った悪意のゲームに巻き込まれていく。